此处宜人

左代富 著

四川文艺出版社

图书在版编目（CIP）数据

此处宜人 / 左代富著．—成都：四川文艺出版社，2016.8（2020.2重印）

ISBN 978-7-5411-4362-5

Ⅰ.①此… Ⅱ.①左… Ⅲ.①词（文学）—作品集—中国—当代 Ⅳ.①I227.8

中国版本图书馆CIP数据核字（2016）第139564号

CICHU YIREN

此处宜人

左代富　著

出 品 人　张庆宁
封面题字　龚小膑
内文书法　龚小膑
责任编辑　张庆宁
装帧设计　叶　茂

出版发行　四川文艺出版（成都市槐树街 2 号）
网　　址　www.scwys.com
电　　话　028-86259285（发行部）　028-86259303（编辑部）
传　　真　028-86259306

邮购地址　成都市槐树街 2 号四川文艺出版社邮购部　610031
排　　版　四川胜翔数码印务设计有限公司
印　　刷　三河市华东印刷有限公司
成品尺寸　165mm × 240mm　　字　　数　16 开
印　　张　17　　字　　数　340 千
版　　次　2016 年 9 月第一版　　印　　次　2020 年 2 月第二次印刷
书　　号　ISBN 978-7-5411-4362-5
定　　价　65.00 元

序

孙琴安

人各有志，也各有所好。官员亦然。如绵阳左代富先生，虽任地方官多年，公务之余，却雅好诗词。新、旧体诗并作，而偏好于传统诗词。十年前出版有《涪江行吟》，其中对家乡面貌的改变，对民生疾苦的反映，至今仍给我留下深刻印象。当时他似乎偏爱于诗，尤爱唐诗，其所作《独爱》诗可以为证："曾经沧海难为水，一别黄山更无山。独爱全唐诗万首，写尽山河史无先。"故集中以诗居多，只在末尾附了三十余首词。

令我没想到的是，十年之后，他给了我一部新的书稿，打开一看，里面竟然都是词，而原先以齐言居多的诗不见了。由此可见，左代富先生的创作兴趣发生了变化，即由诗到词的变化，由齐言到长短句的转换。这是一个十分值得注意的现象。

从中国古代来看，除了李煜、柳永、李清照、周邦彦、辛弃疾、姜夔等少数人专注于词的创作，对于大多数诗人作家来说，在创作兴趣上都有一个从诗到词的变化；或者是诗、词并作，各不偏废，或诗或词，左右开弓，从元好问至王国维，无不如此。其实，这也顺理成章，合乎逻辑。纵观中国诗词轨迹，先诗而后词，词是在诗的基础上生成发展的，词家几乎都有诗的功底。古人学词，多半也都主张先从诗入手。所以，像左代富这样先爱诗而后转迷于词，先有诗集问世而今又有词集赓续，也属情理中事，符合中国诗词创作的传统和路子。

诗、词并称，已有一千多年的历史。如从学术层面和创作要求上来说，二者其实存在许多差异和不同。诗是诗，词是词，诗有诗味，词有词味。中国历来就对诗、词的创作性质、审美要求，乃至题材、风格、语言、技巧等方面，都提出过许多界定和区分，如“诗庄而词媚”、“诗言志，词言情”、“词为艳科”，要“上不类诗，下不类曲”，而李清照则更是旗帜鲜明地提出了“词别是一家”的观念。正因为如此，左代富这次书稿中的诸多词作，与以诗为主的《涪江行吟》中的一系列诗作比较起来，便觉大不相同。如略加归纳，至少有以下二处：

首先，《涪江行吟》中以诗为主，故多豪放之气，壮丽之景。这也难怪。诗主风骨，太白诗豪放飘逸，已成一宗。作为李白的家乡人，左代富承其诗风，多豪迈壮丽气象，亦十分自然之事。然李白又被宋人视为中国最早的词人，其《菩萨蛮》和《忆秦娥》二词又被黄升尊为“百代词曲之祖”，而左代富作为李白的家乡人，由诗而词，诗、词并行，此亦颇有太白之遗风。

其次，《涪江行吟》的末尾虽也附有数十首词作，毕竟只是配角，此书则皆为词作。前书之词多集中于《忆江南》《忆秦娥》《采桑子》《浣溪沙》《谒金门》《点绛唇》《乌夜啼》等一些小令上，像《多丽》这类长调甚少。而此书则各种词牌都有，涵盖面广，相当丰富，既有小令《浣溪沙》《生查子》《酒泉子》等，又有许多长调，如《莺啼序》《哨遍》《水龙吟》《疏影》《摸鱼儿》《沁园春》《念奴娇》《多丽》等，比比皆是，无不涉猎。也就是说，从词中小令，到中调、长调，他都加以尝试，真所谓品种繁多，各生姿态，琳琅满目，缤纷多彩。直让人觉得生动活泼，新鲜可爱。

这既然是一本词集，那我们便从词学的角度，来谈一下这本书的几个特色。

其一，任意驰骋，无施不可。

词本艳科，专抒男女艳情，自温（庭筠）、韦（庄）词和《花间词》定下基调，至宋代柳永、晏几道、秦观等名家词，一脉相承，几乎都以词写男女之间的离愁别绪，花前月下。尽管苏东坡以诗入词，写下《念奴娇·赤壁怀古》等，开豪放一派，终不成气候，后辛弃疾、陆游、岳飞、陈亮、二张、刘过等以词写家国之怀，有所延续，但词终究以婉约为主，题材、视野上总得不到拓展。而左代富似乎没有这些清规戒律，条条框框，也没有什么“艳科”、“言情”之说，放笔写去，任意驰骋，从祖国的名山大川，东西南北，名胜古迹，诸如井冈山、长城、黄山、张家界、九寨沟，乃至西藏神湖、新疆戈壁、内蒙古胡杨、江南秀色、青城峨眉、长江三峡、黄河壶口，无不入词。或行旅，或怀古，或抒情，自由自在，不拘一格。不仅如此，他还把社会生活，人世万象，风俗民情，一一纳入词中，五光十色，应有尽有，大大拓开了词的范围，几乎到了无施不可的地步，令人耳目一新，早把“艳科”一说远远地抛诸脑后了。

其二，出现了许多现代社会生活中的草根人物。

也因为词本专叙艳情，题材较诗为窄，故无论是温、韦词或《花间词》，或宋明以下诸多的婉约词，出现的人物形象不是浓妆艳抹、梳洗打扮、典雅优美的女子，便是才子佳人式的男女形象，不是伤春悲秋，便是长吁短叹。苏东坡、辛稼轩开豪放一派，也不过多添了几个英雄豪杰，仍都是英雄、美人唱主角，只是辛词中偶尔闪过几个农家乐的影子。即使毛泽东挥毫填词，也以英雄豪杰居多。自古词中布衣甚少。而左代富却管不了这些，他的词中涌现出了一群新的人物形象，诸如修桥工人、磨刀师傅、烙饼人、卖蒸薯者、保安、店主、船工、河道清洁工、春耕老农、养鸭者，以及包子店、小食商摊、下岗工人自驾车、车上玉米鲜饼铺等，他都写。这些人都生活在社会的底层，用现在流行的话来说，都属于草根人物。如只写一个两个，那算不得稀奇，如今涌现了一大群，成为一系列的人物群像，那就稀奇了。而且大多写得栩栩如生，充满生活气息，那就更稀奇了。这些“草根”虽非腰缠万贯、家蓄千金，但他们不怨天、不尤人，而是自得其乐。词中展示的人物不仅“工作着是美丽的”，而且工作着是快乐的，在工作中寻求快乐，工作本身就是快乐。试举《瑶台聚八仙·车上玉米鲜饼铺》一首为例：

> 石厚磨圆，随臂转、三尺道径回旋。水和新米，流出玉液如涓。炉底幽风吹火旺，芬芳乱醉小炊烟。路绵绵。走来远客，难舍香甜。　　夫妻学会绝技，妙艺传巧手，案上熟娴。大饼浓浆，含笑送到人前。细瞧素食入口，猛吞下、才知惹嘴馋。由衷看，更爱车货铺，久久情牵。

车上设饼铺，本身就是一件趣事。此首上片极写车上玉米鲜饼铺的简陋设备，煞是生动，下片写夫妻店铺的殷勤待客和鲜饼的香甜可口，末尾以“更爱车货铺，久久情牵”二句，写出了夫妻所开车货铺的大受欢迎，人好饼好，才使人“久久情牵”。其余写“草根”群像各篇，也都绘形绘色，惹人喜爱。

其三，词味浓郁，颇多本色。

自从李清照在《词论》中提出“词别是一家”的主张，诗与词的界限日益分明。二者不仅在艺术技巧、表现特征、题材内容、审美标准方面存在很大差异和区别，就是在语言表达、遣词运句方面也大有不同。一般来说，诗的语言可以粗犷一些，但词忌粗犷，宜细腻；诗可以刚健一些，但词忌过度刚健，以柔美为主；诗可以豪壮一些，但词忌一味豪壮，以秀润为美，最好在豪壮中融入一些清秀之气。左代富深谙此理，故此次所为词，无论是写自然景观或社会风貌，与以往所为诗，在语言表达、选词用字方面都大相径庭，截然不同，真正做到了诗是诗语，词是词语。如他在《一落索·烙饼》一词中对烙饼的描写：“晓情如意手轻轻，柔软面、如花嫩。”后六字便是词语，大有词味。再如《哨遍·竹韵》上片中对蜀南竹海的一段描绘：

> 气势挺拔，潇洒风姿，操守如丰碑。永古赞，能记万千回。……凭栏眺竹观光急。迎目影清清，修篁伟岸，远山含黛如碧。叹浩渺绿海淡云飞，静悄悄、似把游客窥。雨润葱林，风摇婆娑，洁波卷起。

词中极写竹海的美景，由近而远，多用词语描绘，在“静悄悄”后，真正写出了“竹海”的生动与美妙。此外，他在《忆旧游·黄龙彩池》《绮罗香·花港》等词中的设色绚烂，流光溢彩，《临江仙·小食商摊》《惜分飞·本能》《永遇乐·干果》等词中的生动活泼，趣味横生，也都充分体现了词语的运用与作者对词语的把握与娴熟掌控有关。故读来只觉得词味甚浓，齿间生津，颇有词的本色。

据左代富对我说，他写这本书，很大程度上是为了释放和调整一下自己的心情。

我对他的这句话非常能够理解。如果是一位想作为、敢担当、有责任的地方主政官员来说，他的工作担子还是相当重，工作压力还是相当大的。左代富在地方政府任职多年，亲历了改革开放的全部过程，也目睹了自己家乡翻天覆地的巨大变化，并为此过程和变化倾注了许多精力和心血，同时又经历了举世震惊的汶川特大地震，那些惊心动魄的灾情，那些抗震救灾的日夜，这一切长年来都积压在他心头，使他刻骨铭心，终生难忘。如今他能想到释放和调整，并以旧体诗词和书法作品相融合的方式出现，我们怎能不理解呢？不仅应该理解，而且应加以赞赏。故我乐而为之序。

二〇一四年九月十八至二十日

于上海社会科学院文学研究所

目录

人世间

风光里

人世間

菩薩蠻 百歲老人

青峯環水雲天碧。竹山一帶人生倚。曉色到那頭。曛時四小樓。悠悠勤生立。劈篾織成器。懷抱苦樂間。一年又一年。

菩萨蛮·百岁老人

青峰洁水云天碧，竹山一带人生倚。晓色到村头，暝时回小楼。　临窗勤坐立，劈篾织乖器。怀技苦乐间，一年又一年。

江南曲 闕愛

門外見。霜氣逼寒天．昨日露沾新翠上。今朝冰凍舊窗前。切切把花憐。腸寸斷。無擾袒巾眼。雖恐清晨風捲盡．製成膜舍十三間．溫暖小庭園．

江南曲·关爱

门外见，霜气逼寒天。昨日露临新翠上，今朝冰冻旧窗前。切切把花怜。肠寸断，愁扰夜中眠。难忍清晨风卷处，制成膜舍〔一〕十三间。温暖小庭园。

〔一〕膜舍：用塑料薄膜搭成的大棚。

瑞鶴仙 感懷武都水利工程

航行六峡路。水湾如勾月。颺清道琴琴。眼前浪花绿。見漣漣波上。輕輝縷縷。近聞鳥語殷殷聲。如迎新旅。遠望山。風吹花枝。搖動陡峭渥霧。横渡、重觀高山。下鷺碧湖。萬泉匯入。輕歸一處。分道後。又流去。過往千鄉裏。寧寧潤物。通送清清甘露。古與今。多少天災。再難生怨。

瑞鹤仙·感怀武都水利工程〔一〕

航行六峡〔二〕路，水湾如勾月，帆清道楚。眼前浪花绿。见涟涟波上，轻辉缕缕。近闻鸟语，殷殷声、如迎新旅。远望山、风吹花枝，摇动临岸涯雾。横渡。重睹高山，乍惊碧湖，万泉汇入。暂归一处，分道后，又流去。过往千乡里，家家润物，逐送清清甘露。古与今、多少天灾，再难生怒。

〔一〕武都水利工程：指四川省『西水东调』总体规划中具有防洪、灌溉、发电、城乡工业生活供水、环境保护、旅游等综合利用功能的大型骨干水利工程。〔二〕六峡：指武都水利工程库区中的石门关峡、平驿峡、喇叭峡、藏王寨峡、牛鼻子峡、挖金峡。

迎春樂 詠春

窗前細看田園處。箋清目、正專注。美墨時。彩硯生情趣。景入畫、畫玉樹。橋下流波嫣然來。菜花後。柳有新綠。庭院伴青竹。炊煙起、飄香霧。

迎春乐·咏春

窗前细看田园处，几清目、正专注。弄墨时、彩砚生情趣。景入画、画春树。
桥下流波娇似束，菜花后、柳眉新绿。庭院伴青竹，炊烟起、飘香雾。

薄幸　春耕

初春多態、北山裏。濃寒漸解。岸邊柳、清風吹過。揚起嫩眉新帶。農民。相見生愁憂懸。意外驚時快。又到小橋邊。憑霜察看、思盡春耕暗礎。擇好日、牽牛早。同出去。滿途喜邁、捲單衣長袖。柔鞭揚起。扶犁細作沒推卒。百回還再。見新顔一片。泥香漫進桃花寨。嫣霞艷照、大展鄉村氣派。

薄幸·春耕

初春多态，北山〔一〕里、浓寒渐解。岸边柳、清风吹过，扬起嫩眉新带。老农民、相见生愁，忧心意外惊时快。又到小桥〔二〕边，凭霜察看，思尽春耕暗碍。择好日、牵牛早，同出去、满途豪迈。卷单衣长袖、柔鞭扬起，扶犁细作没轻率。百回还再。见新颜一片，泥香漫进桃花寨〔三〕。娇霞艳照，大展乡村气派。

〔一〕北山：指绵阳市芙蓉溪以北地区。〔二〕小桥：指绵阳市左家沟小桥。〔三〕桃花寨：指绵阳市老龙山桃花山寨。

河傳 重訪堰塞湖

舟去。輕漩、過浮橋、碧水青山路遙、隔目波煙光渺渺。看濤、浪花憑岸高、田園香風天際遠、清新見、翠蓋鋪庭院、賞秋荷、聽牧歌、對酌、嘗酸梅一顆。

河传·重访堰塞湖〔一〕

舟去，轻渡。过浮桥，碧水青山路遥。满目波烟光渺渺，看涛，浪花平岸高。
田园香风天际远，清新见，翠盖几庭院，赏秋荷，听牧歌，对酌，尝酸梅一颗。

〔一〕堰塞湖：2008年，四川省汶川县发生特大地震，全境性山崩地裂，在相邻的北川县唐家山形成了巨大的堰塞湖。

七娘子 收麦

百思如意先前料。夏日高、冬麦方成熟。雨润新绿。风吹热浪。田园隔夜芳芳老。驾车远去青山上、入田中、推解长镰鞘。刀锋如林。行会小障。悠悠驶上丰收道。

七娘子・收麦

百思如意先前料，夏日高、冬麦方成熟。雨润新绿，风吹热浪，田园隔夜芬芳老。驾车〔一〕远至青山上，入田中、轻解长镰鞘。刃锋如林，行无小障，悠悠驶上丰收道。

〔一〕车：指收割机。

雨同心 車賽

一夜清風。盡消寒露。曉陽媚。去醉海灣。波涛急。染红南域。望晨空。幾片浮云。萬聲鳥語。翠拂花间出道。百回環繞。流光裏。車隊行行生騎上。手推脚巧。好男兒儿如我疆場。令人驕傲。

两同心·车赛〔一〕

一夜清风，尽消寒露。晓阳媚、春醉海湾；波涛色、染红南域。望晨空，几片浮云，万声鸟语。翠掩花间幽道，百回环绕。流光里、车队行行；坐骑上、手轻脚巧。好男儿，如战疆场，令人骄傲。

〔一〕车赛：指2014年海南国际自行车比赛。

品令　商愁

小商鋪。太清靜。寂寞傷人心緒、出櫥內。少婦勤叫賣。叫一聲。響兩路。期盼有人光顧。更恐匆匆謝去。多少次。欲勸人留住。沒留住。反惹怨。

品令·商愁

小商铺，太清静、寂寞伤人心绪。幽栏内、少妇勤叫卖，叫一声、响两路。期盼有人光顾，更恐匆匆离去。多少次、欲劝人留住，没留住、反惹怒。

一落索 烙餅

潔水芝麻注粉。備成三份。曉情如意手搓搓。柔軟面。如花嫩。薄餅入鍋油浸。文隨火送。炊煙飛過小山邨。溢香味。沾閨寢。

一落索·烙饼

洁水芝麻淀粉，备成三份。晓情如意手轻轻，柔软面、如花嫩。

薄饼入锅油浸，又临火近。炊烟飞过小山村，泛香味、沾闺寝。

清平樂 葉嫂

憑欄清理、澆水輕輕洗。細看無瑕花須底、還了一身本體、迺來亮色朝陽、巧給濕面秋光。惜藥恰如惜玉。度過粒粒芳香。

清平乐·药嫂

凭栏清理，浇水轻轻洗。细看无瑕花须底，还了一身本体。

迎来丽色朝阳，巧给湿面秋光。惜药恰如惜玉，爱过粒粒芳香。

傾盃樂　長路觀懷

崇嶺綠山。曲途道遠。歸程千里。遇風雨。塵埃飛起。嬌車難截。稠灰如泥。恨愁復繞山前底。約時尋助。小憩岸邊清洗、憂思盼解。曉情借人打理、睡迷看、店負心細。把寸寸沈滯。都揭起、引山泉。潔水清清。如雨絲絲勻塞。君憑文。新顏似飾、流光淨、重妝艷裝。又展一派麗質、再生喜氣。

倾杯乐·长路惊怀

窄路深山，曲途道远，归程千里。遇风雨，尘埃飞起，娇车难蔽，稠灰如泥。怀愁复绕山河底，约时寻助，小憩岸边清洗。忧思盼解，晓情催人打理。临近看、店员心细，把寸寸沉渣、都揭起。引山泉、洁水清清，如雨丝丝匀密。尽洒处、新颜似饰，流光净、重妆艳碧。又展一派丽质，再生豪气。

生查子 賣烤薯

昨夜水結冰，拂曉霜寒凍，少婦賣薯時，
無奈風吹重，攤前邀買人，憂心哀情湧，送
去滿爐香，不覺饑傷痛。

生查子・卖烤薯

昨夜水结冰，拂晓霜寒冻。少妇卖薯时，无奈风吹重。　摊前邀买人，忧心衷情涌。送去满炉香，才觉旧伤痛。

聲聲慢 端硯

古陸風化。抱水含唇。更姿嫣態婷婷。滙得香垂如荼蒨。滋潤長毫。膩理玉肌流意。像彩霞、韻讀都樓。在雨裏。記此此千字。完美歸存。更慕藝人繪畫。恰如處。青山半掩長城。綠嶺小橋流水。欹嶔山腰。妙裁紫雲紛紛。飄花飛。香染衣裙。似不盡。寸心馳千里。步步生情。

声声慢·端砚

古陆风化，抱水含唇，丰姿娇态婷婷。汇得香墨如露，滋润长毫。腻理玉肌泛意，像彩霞、韵绕廊桥。在雨里、记幽幽千字，完美归存。更慕艺人绘画，恰如处、青山半掩长城。绿岸小桥流水，几断山腰。妙裁紫云万片，艳花飞、香染衣裙。似入画、寸心驰千里，步步生情。

臨江仙 小食商攤

窗外夕陽々照晚。峰邊留下殘紅。冷輝淺映車中。素簾傳暖。嬌色裹寒蹤。

攤上炊煙香味重。誘生食欲無窮。客人吃去幾碟盅。濃々熱氣。撼動雪和風。

临江仙·小食商摊

窗外夕阳今照晚，岸边留下残红。冷辉淡淡映车中，素帘倚处，娇色裹寒踪。

摊上〔一〕炊烟香味重，诱生食欲无穷。客人吃去几碟盅。浓浓热气，撼动雪和风。

〔一〕摊上：指汽车上设置的小商摊。

江月晃重山　霧羅驚懷

雨潤青山芳草。風吹天上流雲。憑欄遠屬賞新春。芬芳眼。十里觀飛禽。雨峰塵埃粒粒。三江暗色沉沉。愁心無奈思天昏。聽聽音。事後都驚心。

江月晃重山·雾霾惊怀

雨润青山芳草，风吹天上流云。凭栏远处赏新春。芬芳眼，十里睹飞禽。两岸〔一〕尘埃粒粒，三江〔二〕暗色沉沉。愁心无奈忍天昏。瞧今昔，事后都惊心。

〔一〕两岸：指四川省绵阳市城区三江两岸。〔二〕三江：指四川省绵阳市城区的涪江、安昌江、芙蓉溪。

江月晃重山　保安

夜暗腳頻眼快，簾清夢好花香，有人尋覓有人忙，高樓外。苦了織君郎。幽院臘梅怒放，嬌車閑座沾芳，誰知門衛飲寒霜。無眠旋旋一片霧茫茫。

江月晃重山·保安

夜暗脚频眼快，帘清梦好花香。有人享受有人忙。高楼外，苦了几君郎。

幽院蜡梅怒放，娇车闲座沾芳。谁知门卫饮寒霜。无头路，一片雾茫茫。

江月晃重山　月夜工人

雨歇北风呼啸，一江残水悲凄。可怜无雪冻单衣。倚樯者，昼夜被寒欺。天上星疏月淡，舷边人密灯稀。脚前复踏薄冰堤。挥热汗，肯去上云梯。

江月晃重山·月夜工人

两岸北风呼啸，一江残水悲凄。可怜飞雪冻单衣。修桥者，昼夜被寒欺。

天上星疏月淡，溪边人密灯稀。脚前复踏薄冰堤。挥热汗，背土上云梯。

解佩令 磨刀師傅

利風飛雪。鎖總封路。小巷裏。客向門廣。刀匠不逢。凍土上。踏冰移步、一聲聲、誠邀客去。憂思還在。涼襟更冷、遇開門、鶴被人領。愁事凄悲、方解時、裏情頓然、試鋒芒、喜心難喻。

解佩令·磨刀师傅

刮风飞雪，锁窗封路，小巷里、家闭门户。刀匠孤途，冻土上、踏冰移步。一声声、诚邀客去。忧思还在，凉襟更冷，遇开门、惊被人顾。愁事凄悲，可解时、衷情顿怒。试锋芒、喜心难喻。

太常引　店主

寻樓宫下一門前、立竈小憩間·起案亂煙邊。烙麻餅。種種大煎。面花空滿。手絲懸裹。隔卷浸香甜·風味把人牵。忙買賣。從今日閑。

太常引·店主

寻楼窄取一门前，立灶小窗间，起案乱烟边。烙麻饼、轻轻火煎。

面花空满，千丝悬裹，隔巷泛香甜。风味把人牵，忙买卖、从无日闲。

導引　再就業

業停廠破。被作下崗人。無事守空門。閑時互覓無聊者。盡意斷腸魂。為思溫飽將工尋。遍訪縣鄉郊。佳音許載車中客。驚喜淚淋淋。

导引·再就业

业停厂破，被作下岗人。无事守空门。闲时更觉无聊苦，愁意断肠魂。

为思温饱将工寻，遍访几乡村。佳音许载车中客〔一〕，惊喜泪淋淋。

〔一〕车中客：指用小客车开展运输活动。

河傳 河道清潔工人

霜濃霧重。夜風吹未靜。清晨江凍。高峰冷涯。托起枚欄高聳。鳥飛來。鷄鳴恐。城邊不見躬身動。拾起垃圾。寒道頻歸送。憔悴老翁。獨有衷情千種。過往人。誰肯懂。

河传·河道清洁工人

霜浓雾重，夜风吹未静，清晨江冻。两岸冷涯，托起牧栏〔一〕高耸。鸟飞来，惊万恐。

城边〔二〕乍见躬身动，拾起垃圾，寒道频归送。憔悴老翁，独有衷情千种。过往人，谁看懂？

〔一〕牧栏：指涪江上游羌族大寨饲养牛羊的木栏。〔二〕城边：指绵阳城市以北的涪江岸边。

瑤臺聚八僊　車上玉米鮮餅鋪

石厚磨圓，隨臂轉，三尺道程回旋。水和新米，流出玉液如消。爐底幽風吹火旺。芬芳亂飄小炊煙。路綿綿，走來遠客。難舍香甜。　夫妻學會絕技。妙藝傳巧手。案上熟嫻，大碗濃漿。含笑送到人前。細瞧素食入口。猛吞下，才知羨嘴饞。由衷看，更愛車貨鋪，久久情牽。

瑶台聚八仙·车上玉米鲜饼铺

石厚磨圆，随臂转、三尺道径回旋。水和新米，流出玉液如涓。炉底幽风吹火旺，芬芳乱醉小炊烟。路绵绵。走来远客，难舍香甜。

夫妻学会绝技，妙艺传巧手，案上熟娴。大饼浓浆，含笑送到人前。细瞧素食入口，猛吞下、才知惹嘴馋。由衷看，更爱车货铺，久久情牵。

洞僊歌 上街買晾具

雞鳴燈亮。主婦開門去。揮帚輕輕掃庭户。趁炊煙。一桌粥菜飄香。共餐後。邁步匆匆趕路。無甚家中事。惦念三天。燈下無聲暗謀慮。欲借好陽光。曬過衣衫。金燦燦。憑添益處。細窺看。竹器篾青青。解憂愁。攤前換了心情。

洞仙歌·上街买晾具

鸡鸣灯亮，主妇开门去。挥帚轻轻扫庭户。点炊烟、一桌粥菜飘香，共餐后，迈步匆匆赶路。

曾愁家中事，惦念三天，灯下无声暗谋虑。欲借好阳光，晒过食材，金灿灿、凭添盖处。细窥尽、竹器篾青青，解忧思、摊前换了心绪。

點絳唇　情懷

一片蔥林。老翁伐竹劈青篾。染成秋色。巧製花碟。九十春冬。妙手沒傳歇。弘技絕。一生從業。無意言離別。

点绛唇·情怀

一片葱林，老翁伐竹劈青篾。染成秋色，巧制花碟。九十春冬，妙手没停歇。孤技绝，一生从业，无意言离别。

洞仙歌 陶艺

案清水墨。炼陶泥柔软。裁出清丝作重卷。玉盘间。一缕飞雾泠泠。成丽线。绕过青山田扬。大师携手。又塑龙舟。星夜扬帆游江远。隐见小窗前。竖起长箫。相问处。歌声情满。月下坐。听音醉。痴心。愿借乘东风。画中相携。

洞仙歌·陶艺

案清水洁，炼陶泥柔软。裁出清丝几重卷。玉盘间、一点飞雾流云，成两线，绕过青山回转。大师携巧手，又塑离船，星夜扬帆渡江远。隐见小窗前，竖起长箫，相闻似、歌声情满。月下望、余音醉痴心，欲借乘东风，画中相换。

永遇樂 乾果

風散冬寒，雨過春暖，花樹秋熟。十里嫣紅，千山鶴頂，金果香衣袖。渡海少婦，朝朝重到，遍採小樓前後。將乾炒，真真山味，遠飄舍外長路。

游人巧遇，攤前窺望，新品芬芳一縷。切切心思，深情誼，期盼能誇許。不要新面目，由衷言語，難破傾悵煩緒，終如願。沾香得之，整籃送去去。

永遇乐·干果

风散冬寒，雨逼春暖，花树秋熟。十里娇红，千山惊艳，金果香衣袖。淡妆少妇，今朝重到，遍采小楼前后。将干炒、丝丝山味，远飘舍外长路。游人巧遇，摊前窥望，欲品芬芳一缕。切切心思，深深情谊，期盼能相许。忧愁面目，由衷言语，点破倾怀烦绪。终如愿、沾香得意，系篮返去。

水龍吟　船工

駕船駛進平湖，曲途漫水悠悠。浪花飛起，驚陽漸掩，不驚鷗鷺。鳥語如歌，湖波情韻，惹人嫉妒。渡浮浮小卷，畫韻翠色，風吹浪，香拂語。

游客舒心前吾，好風光，最宜行旅。閑情逸雅，幽思吟景，頓生妙語。非草沾芳，嗅香似醉，忘歸何處。見揚帆集渡，笑談百手，解悶愁緒。

水龙吟·船工

驾船驶进平湖，曲途凭水悠悠渡。浪花飞起，骄阳渐掩，乍惊鸥鹭。鸟语如歌，满波清韵，惹人嫉妒。渡深深小巷，素颜翠色，风吹后、香拂路。

游客舒心前去，好风光、最宜行旅。闲情泛雅，幽思吟景，频生妙语。折草沾芳，叹香似醉，忘归何处。见扬帆几度，笑谈百里，解开愁绪。

多麗　晨妝

雨天晴。鄉郊曠野清清。碧空中。朝霞淡淡，一川樹景秋屏。立窗前。閒眉望去。鷺變、薄霧如綾、飛出深山，絲絲縷縷，似攜天地壓飄零。瞬間裏，又如仙幕。高掛小樓頂。憑空詩、詞閒舊鎮、人出幽庭。曉陽升。青山燦爛、草上濃露晶瑩。映千家、風搖簾影，炊煙起。盛宴香茗。長夜全晨。清晨有困。牛兒呼叫擾人靜、高即變。耐心雜思。即省對天鳴。專情妝。揚鞭歡起。快解纏繩。

多丽·晨牧

雨天晴，乡村旷野清清。碧空中、朝霞淡淡，一川树景秋屏。在窗前，开眉望去，惊目处、薄雾如绫。飞出深山，丝丝缕缕，似携天地慰飘零。瞬间里、又如仙幕，高挂小屋顶。凭空待、翁开旧锁，人出幽庭。

晓阳升，青山灿烂，草上浓露晶莹。映千家、风摇帘影；炊烟起、盛宴香茗。长夜无忧，清晨有困，牛儿呼叫扰人静。高昂处、耐心难忍，昂首对天鸣。专情牧，扬鞭歌起，快解缰绳。

沁園春 家蜂

百丈山崖。巧掛巢箱，穩穩緊懸。小徑通風窗，幽幽翠卷。皆之行障。一丈青天。縱傳芳山，橫臨花樹，一片心思沒負賢。如人意，盼方圓十里。一派香甜。群蜂寸寸飛來。入住後，嬉身亦未閑，芳鄉息云云。尋花路遠。採花織遍，情影不殘。兩載春秋，傲越曉野，歸意悠悠，鎖壁園，收便翅，享芬芳陶醉，總是糟簪。

沁园春·家蜂

百丈山崖，巧挂巢箱，稳稳紧悬。小径通风处，幽幽翠巷，皆无行障，可入青天。纵倚芳山，横临花树，一片心思没负贤。如人意，盼方圆十里，一派香甜。群蜂寸寸飞来，入住后、娇身亦未闲。万乡凭空去，寻花踪远；采花几遍，怜影孤残。满载春秋，傲越旷野，归意深深锁蜜园。收双翅，享芬芳陶醉，悠弄槽帘。

摸鱼儿 群鸭

水東邊。亂禾拖道。萬叢芳草扶岸。鴨前重盼回橋下。無奈大江遙遠。簾櫳捲。問舊舍。啟程還帶離情面。日高風軟。借步路綿綿。禽嬌人困。還恐誤時晚。清涼水。更讓初衷之角。悠悠游興非淺。芳容溫地香波好。解得飢渴仇怨。鶺鴒又見纏雄波。半池幽恨如秋葩。歡顏一片。還落無飛花。相爭朝試。艷羽照人眼。

摸鱼儿·群鸭

水东边、乱禾掩道，万丛荒草扶岸。鸭翁重盼回桥下〔一〕，无奈大江遥远。帘褥卷，闭旧舍、启程还带愁情面。日高风软。倦步路绵绵，禽娇人困，还恐误时晚。清凉水，更让初衷意满。悠悠游兴非浅。芳容湿地香波好，解得饥渴仇怨。惊又见，矮礁后、半池幽浪如秋苑。新欢一片。遇落絮飞花，相争欲试，艳羽照人眼。

〔一〕桥下：指涪江桥下的湿地。

薄幸 老廠

惟容殘態。嵌鏽色。閑存户外。永長記。此身憑地虹穿縱横氣流，紅火山，千徑相通，飛煙蒸得去去吞。羞色雅收藏。爐顏更澹，一派清新風采。

人潮去去，心心散。衷情常在。幾回敘往事，潮清追憶。我思不忘，凄凄敗。仍君時解。莫將雞目處，朝夜吐生新春邁。幽幽藝苑，厚載人間大愛。

薄幸·老厂〔一〕

憔容残态，嵌锈色、闲存户外。未忘记、孤身凭地，虹管纵横气派。似大山、千径相通，飞烟惹得云无奈。素色雅妆帘，炉颜更淡，一派清新风采。停产后、人离去，心不散、衷情常在。几回叙往事，难消追忆，愁思不忘凄凄败。约君时解。共游惊目处，朝霞映出新豪迈。幽幽艺苑〔二〕，厚载人间大爱。

〔一〕老厂：指原国营798厂等电子工业的厂区。〔二〕艺苑：指利用旧厂址建成的北京798艺术区。

奪錦標 食攤

小火長燃。新鍋久暖。煮出濃濃稀飯。縷縷青煙騰起。從柱輕飛。提香飄散。煮湯如玉液。米如珠。粥如花燦。兩桌間。色裏芳芳。仁把來人呼喚。相遇衷情情滿。早至攤前。靜靜遙望期盼。幾陣清風吹過。饞嘴流沫。餓腸垂涎。主人俯目見。好言語。聲聲親善。竈沿前。清去點客。接過香粥一碗。

夺锦标·食摊

小火长燃，新锅久暖，煮出浓浓稀饭。缕缕青烟腾起，绕柱轻飞，携香飘散。素汤如玉液，米如练、粥如花灿。两桌间、色裹芬芳，似把来人呼唤。

相遇衷情意满，早在摊前，静静凭空期盼。几阵清风吹过，馋嘴流津，饿肠垂案。主人余目见，好言语、声声亲善。灶沿前、消去愁容，接过香粥一碗。

秋色横空　包子店

天漏霞红，镶秋意渐浓。半照阑东。殷勤女安，趁时晚。来来去去匆匆，昇蒸笼，烟火通，美巧手。频频，快似风。紧缠清烟搓起，老面初融。清芬缕缕出笼，往楼亭水衍。久绕晨空。连接小巷，乡情重。多少偏爱相同，餐中味。各澹浓，小包子。总芳锁旧衷。送去一街香，人露笑容。

秋色横空·包子店

天漏霞红，让秋窗渐亮，半照阑东。殷勤少女愁时晚，来来去去匆匆。升幽灶，炉火通。弄巧手、频频快似风。几缕清烟卷起，老面初融。

清芬缓缓出笼。泛楼亭水竹，久绕晨空。连檐小巷乡情重，多少偏爱相同。餐中味，各淡浓。小包子，悠芳锁旧衷。送去一街香，人露笑容。

秋色横空　果韵

春樹香容，染芳枝一片，十里秋红。果嫣翠色新妝艷。風采照進城中。霞光湾，華露濃，鲜嫩至，清香千疊重，宛似金山座座。傲對晴空。游客唤醒舊衷。緊隨車途去。久久跟從。芬芳萬縷情非浅。期盼結花相逢。绵绵路，心一宗，不难舍，念念愛之同。賞甘味幽姿。又飘岸东。

秋色横空·果韵

春树丰容，染芳枝一片，十里秋红。果娇翠色新妆艳，风采照进城〔一〕中。霞光淡，华露浓。鲜嫩在、清香千叠重。宛似金山座座，傲对晴空。

游客唤醒旧衷。紧随车途去，久久跟从。芬芳万缕情非浅，期盼终于相逢。绵绵路、心一宗。太难舍，人人爱意同。赏甘味幽姿，又聚岸东〔二〕。

〔一〕城：指四川省绵阳市城区。〔二〕岸东：指城区涪江东岸。

望海湖 秋牧

色分濃淡，春融冷暖，鄉前放牧郊前，葱綠斷殘，清芬未藏。仍然泛出香甜，芳液似甘泉。讓小羊疲老。久久垂涎，貪食熱腸，忍飢難以在中眠。夕陽又掛天邊，撒金暉一片，斜照峰巔，山態樹容。驚落雁影。悠悠飛翩翩，萬物泰然間。一掃三百里。秋草綿綿。羔帳炊煙壯畜，暮色像詩篇。

望海潮·秋牧

色分浓淡，春融冷暖，乡翁放牧村前。葱绿断残，清芬未减，仍然泛出香甜。芳液似甘泉。让小羊爱尽，久久垂涎。贪食愁肠，忍饥难入夜中眠。　夕阳又挂天边，撒金晖一片，斜照峰巅。山态树容，莺姿雁影，悠悠飞舞翩翩。万物泰然间。一带三百里，秋草绵绵。素帐炊烟壮畜，暮色像诗篇。

水龍吟 黃瓜

白藤綠葉紅花。翠廊一派清香態。朝霞照過。悠風載去。露寶帶。五月芬芳。嬌蜂美樹花蝶臨叢。讚青瓜懸墜。姿幽色嫩。千嬌百媚。迎風擺。

已去芳容常在。君濃韻。豔妝雖敗。還含香露。又沾衣袖。更飄山外。萬里長欄。三廂華蓋。西邨風采。已心傾之醉。眼前已之文。讓人齋邁之

水龙吟·赏瓜

白藤绿叶红花，翠廊一派清香态。朝霞照过，悠风载去，露如玉带。五月芬芳，娇蜂弄树，花蝶临菜。赞青瓜悬坠，姿幽色嫩，千娇面，迎风摆。

已是芳容常在，尽浓颜、艳妆难败。还含香露，又沾衣袖，更飘山外。两里长栏，三厢华盖，四村风采。已心倾意醉，眼前巨变，让人豪迈。

多麗 電廊

睹黄昏，殘陽托起紅雲。待歸時，嫣暉掩映。一片峯影如鱗。載流光。茅屋小舍。亮閃閃，燦爛如金。多少高塔，憑空而遠。危廊芳道綫如銀。望無垠，紅臨天際。千里染風塵。東山後，窗影淡淡，幽徑深深。黄西鄉，煙凝紫翠。恰如蘭舟畫秋郊。怪沈沙思淒然去。窗水電。懷古吟今。目覽途中，情生意外，天涯新貌最醉人。讚暮色，月迴歸牧。庭院待歸人，閑燈亮。潔光輝照，晝夜難分。

多丽·电廊

睹黄昏，残阳托起红云。待归时、娇晖掩映，一片峰影如鳞。载流光，茅屋〔一〕小舍，亮闪闪、灿烂如金。多少高塔〔二〕，凭空向远，危廊芳道线〔三〕如银。望无极、似临天际，千里染风尘。东山后、峦影淡淡，幽径深深。

赏西乡〔四〕、烟凝紫翠，恰如南屏画秋村。忆沉沙、忍凄愁古；审水电、怀喜吟今。目览途中，情生意外，天涯新貌最惊人。赞暮色、月迎归牧，庭院待家人。闲灯亮，洁光艳照，昼夜难分。

〔一〕茅屋：指嘉峪关东侧山区的一部分农民房屋。〔二〕高塔：指架设高压线的铁塔。〔三〕线：指高压走廊的输电线。〔四〕西乡：嘉峪关以西的乡村。

風光裏

解佩令 感懷

又逢秋感，懷情勾去，探名山、悲歎思緒，勢憶當時，炮聲隆。傷亡無數。黃洋界。腥風血雨，凄魂詩散。殘痕漸愈，又山青、花紅霞霞。茶道清芬，泛不盡，盃中甘露，意醺人，更讓心恕。

解佩令·感怀

入途秋感，怀情匆去，探名山〔一〕、悲欢思绪。愁忆当时，炮声隆〔二〕、伤亡无数。黄洋界〔三〕、腥风血雨。凄魂待散，残痕渐愈，又山青、花几处处。茶道清芬，泛不尽、杯中甘露。意惊人、更让心怒。

〔一〕名山：井冈山。位于罗霄山脉中段，在湘赣两省交界处。〔二〕炮声隆：毛泽东《西江月·井冈山》：『黄洋界上炮声隆，报道敌军宵遁。』〔三〕黄洋界：是进入井冈山的一个口子，距茨坪西北面十七公里，1928年8月30日，著名的黄洋界保卫战发生在这里。作者此处指黄洋界哨口工事。

賀聖朝 古柏

兩行高樹夾紅道。翠蓋千重茂。芬芳寖沾萬山前。百里岳俊妙。風搖霜楮。雨洗霧繞。彩虹偲無恩。滄桑繪出畫屏時。更顯垂姿俏。

贺圣朝·古柏〔一〕

两行高树夹孤道，翠盖千重茂。芬芳密泛万山前，百里无双妙。　风摇霜卷，雨浇雾绕，彩虹悠然照。沧桑绘出画屏时，更显丰姿俏。

〔一〕古柏：指生长在四川省梓潼、剑阁两县境内的古老柏树。古驿道蜿蜒百里，两旁千年古柏形成了苍翠走廊。

南浦 秋

千里覽風光。在眼前、胡楊已被秋染、新妝扮嬌容、幽幽態。揚起黃紅金燦。殘留舊翠、嵌成梨色隨風蕩、把枝緊摟、如玉帶巾幡、遠飛江畔。風裁一片沉沙。似千縷流波、勻勻舒展。借道絲駝群。悠悠過、輕履淺逐芳坡。斜陽樹下。滿光如畫清風扇、裝奇大觀、瞭倩影翩躚、讓人驚嘆、

南浦・秋

千里览风光，在眼前，胡杨已被秋染。新妆扮丰容，幽幽态、扬起万丝金灿。残留旧翠，嵌成梨色随风漫。把枝紧拌，如玉带巾幡，远飞江畔。风裁一片沉沙，似千缕流波，匀匀舒展。借道几驼群，悠悠过、轻履浅途芳坎。斜阳树下，漏光如画清风扇。几番大观，瞻倩影翩跹，让人惊叹。

横塘路 踏春

霞光柔照。庭前霧。遠目看。如芳幕。華露沾香濃妝度。借春對彩。沾春入户。進入閨房屬。碧雲從凝風千縷。曠野輕拂萬山綠。十里鄉間人可去。閑愁花解。悠悠心緒。帶上回家路。

横塘路·踏春

霞光柔照庭前雾，远目看、如芳幕。华露泛香浓妆度。借春对影，沾窗入户，进入闺房处。

碧云没碍风千缕，旷野轻摇万山绿。十里乡间人可去。闲愁花解，悠悠心绪，带上回家路。

後庭花　小菜園

窗前檐下七厘地。做工精细。妙用青丝多方繫。寸土没棄。三厢各菜分厢摘。小池鱼窝。膜逢时令霜寒至。巧把春留。

后庭花·小菜园

窗前檐下七厘地，做工精细。妙用青丝多方系，寸土没弃。

三厢冬菜两厢挤，小池鱼密。膜篷时令霜寒里，巧把春替。

惜分飛 晨韻

窗外一聲花間鳥。天亮催晴來到、巧讓春光照、綠前頻露清風韻。會覓樹間無鵲擾、嬌翅憑空妖嬈、窺視輕輕笑。倚窗相伴心情好。

惜分飞·晨韵

窗外一群花羽鸟，天亮准时来到。巧让春光照，绿前频露清风貌。

会觅树间无惊扰，娇翅凭空妖娆。窥视轻轻笑，倚窗相伴心情好。

小庭花 春意

翠露清輝拂嫩芽。向枝香泛小梅花。靚
妝春色老庭前。千紫萬紅成一片。條條芳徑
繞人家。似隱老盘攢晴霞。

小庭花·春意

翠露清辉拂嫩芽，满枝香泛小梅花〔一〕。艳妆春色老屋〔二〕前。千点万丝成一片，条条芳径绕人家。似凭长画赞晴霞。

〔一〕小梅花：指生长在四川省平武县山区的青梅。〔二〕老屋：青梅林中的古老农舍。

惜分飛　本能

江水清如谷芳露。飛鳥頻頻相聚。任意生情趣、直至鶴棲條無緒。自由尋找歡樂處。百至來來去去。若遇心花怒。明衣揍起翩翩舞。

惜分飞·本能

江水〔一〕清如芬芳露，飞鸟频频相聚。任意生情趣，更无惊扰添愁绪。自由寻找欢乐处，百里来来去去。若遇心花怒，羽衣卷起翩翩舞。

〔一〕江水：指涪江水。涪江是长江上游支流，此处指绵阳市城区江段。

粉蝶儿 三江春意

遍赏三江，途千条番心切，到堤边。目鹭波澜。小桥旁，清露轻。香沾枝叶，鸟悠悠，逸星夜雲残月，伟峰幽涧，曲径水天同色。路绵绵。万阶奇绝，览千回，情满满。行间心悦，念初衷，拍下镜中风采。

粉蝶儿·三江〔一〕春意

遍赏三江，途中几番心切。到堤〔二〕边、目惊波洁。小桥旁，清露艳，香沾枝叶。鸟悠悠，遥望夜云残月。

伟岸幽栏，曲径水天同色。路绵绵、万阶奇绝。览千回，情满满，行间心悦。念初衷，拍下镜中风采。

〔一〕三江：指四川省绵阳市城区涪江、安昌江、芙蓉溪，俗称三江。〔二〕堤：指三江大坝东岸江堤。

菩薩蠻　吟春

暖風一夜輕搖樹。寒枝拂蕊澆新綠、翠色映
春腮、窗前人自香、捲簾欣賞時、紅粉落沾
衣。一覽春朝霞、閑閑吟早花。

菩萨蛮·吟春

暖风一夜轻摇树，寒枝拂露浇新绿。翠色映春窗，窗前人自香。

卷帘欣赏时，红粉密沾衣。一览尽朝霞，开言吟早花。

應天長 遺憾

賞花卻遇花落去。閑樹花無言解語。嘆湖春。晚一步。豔麗丰姿遭冷雨。記昔時、花似錦今日花收歌舞。湖思凄涼處處。讓人相見苦。

应天长·遗憾

赏花[一]却遇花落去，闲树犯愁无解语。叹难尽，晚一步，艳丽丰姿遭冷雨。　记曾经，花似许，今日彩妆歌舞。难忍凄凉处处，让人相见苦。

[一]花：指四川省北川羌族自治县的辛夷花。此处辛夷花连绵百里，每年春天万树盛开，繁花似锦。

河瀆神 咏瀑布

仰望浪花開。崖前流水飛來。彩虹到此長徘徊。輕把波簾巧裁。萬縷光煙飄不散。化為香墨顏色。峭壁以去一頁。留痕如畫不絕。

河渎神·咏瀑布

仰望浪花开，崖〔一〕前流水飞来。彩虹到此长徘徊，轻把波帘巧裁。　万缕光烟飘不歇，化为香墨颜色。峭壁似书一页，留痕如画孤绝。

〔一〕崖：指四川省平武县虎牙瀑布区山崖。

阮郎歸 春

潺潺流水繞郊南。一灣又一灣。幽幽綠樹掩芳巒。一山又一山。四古伴。舊悔殘。小樓往事傳。留連花景惜紅顏。依依忘路還。

阮郎归·春

潺潺流水绕村南，一湾又一湾。幽幽绿树掩芳峦，一山又一山。四古〔一〕伴，旧妆残，小楼往事传。流连花景惜红颜，依依忘路还。

〔一〕四古：古建筑、古树群、古洞群、古文化合称婺源『四古风韵』。

春光好 鄉邨情懷

天初暖。小山青。百花明。十里香風輕拂面。踏春行。遠賞秀姿麗色。近嘗芳露純情。邀請蝶蜂留倩影。總生情。

春光好·乡村情怀

天初暖，小山青，百花明。十里香风轻拂面，踏春行。

远赏丰姿丽色，近尝芳露纯清。欲请蝶蜂留倩影，几生情。

絳都春 枇杷邨覽勝

清風如扇、百花開胸前。青山香染、十里方圓。占
得摩芳春嫣洒、蝶蜂也愛戀芳泛、趁花處、舞
衣如幻。彩霞豔照。藏紅掩翠。錦園生燦、欲
返、雖移境外。再留處。又見小庭幽館、不止行間、
眼前返來鶯語喚。堂中小會相陪伴。正庭上、
詩人覲善、閑情尊酒言談、意真話暖。

绛都春·枇杷村〔一〕览胜

清风如扇，百花开窗前，青山香染。十里方圆，占得群芳春娇满。蝶蜂也爱悠芳泛，起飞处、舞衣如幻。彩霞艳照、藏红掩翠，几园金灿。

欲返。难移境外，再留处、又见小庭幽馆。不止行间，眼前迎来莺语唤，堂中小会相临伴。正座上、待人亲善，开怀尊酒言谈，意真话暖。

〔一〕枇杷村：指四川省江油市白玉村，即水果产业村。

錦帳留春　燕歸來

三月陽春，滿庭花早，香泛幽幽，廊道，燕飛來，歸故里，影清身巧。鶴目極極，覓家人，欣相見。千番繞。小院門開，老翁田歸，先把庭前打掃。飲芬芳，則作聽，鳥聲呼叫。細看虹梁情緣喜如之，春天好。

锦帐留春·燕归来

三月阳春，两庭花早，香泛幽幽廊道。燕飞来，归故里，影清身巧。惊目轻轻觅家人，欲相见、千番绕。小院门开，老翁回到，先把厅前打扫。饮芬芳、则乍听、鸟声呼叫。细看虹梁情缘。喜如意，春天好。

一落壺　小區

水繞小島高樹、悠然流雲。化成煙雨潤青枝、濃露下。花無語。橋上彩蝶無舞、滿池柔羽。紅霞照進翠林中、一束束光鋪路、

一落索·小区〔一〕

水绕小岛〔二〕高树，悠然流去。化成烟雨润青枝，浓露下、花无数。　桥上彩蝶飞舞，满池柔羽。红霞照进翠林中，一束束、光铺路。

〔一〕小区：指绵阳城区居民集中居住的场所。〔二〕小岛：指绵阳市游仙区小岛居民新区。

鷓鴣天 踏青

座上悠悠乘悠凉。車前鷺見滿郊黄。朝霞柔色染冬麥。午日金輝卷影忙。小田裏。水汪汪。即收已播又栽秧。比時珍愛新禾綠。仿飲秋天稻谷香。

鹧鸪天·踏青

座上悠悠乘窗凉，车前惊见满村黄。朝霞柔色染冬麦，午日金辉卷影芒。

小田

里，水汪汪，即收即播又栽秧。此时珍爱新禾绿，仿饮秋天稻谷香。

鷓鴣天 菜園

翠蓋長竹一重重，枝枝葉葉綠蔥蔥。花姿蜜色嬌嬌態。香染蝶衣淺淺容。小雨後、豔陽紅、萬絲光彩照園中。悠心漫步春風裏、笑飲清芬如夢同。

鹧鸪天·菜园

翠盖长竹一重重，枝枝叶叶绿葱葱。花妆蜜色娇娇态，香染蝶衣淡淡容。

小雨后，艳阳红，万丝光彩照园中。悠心漫步春风里，笑饮清芬如梦同。

鷓鴣天 番茄園

青青竹絲一叢叢。枝枝葉葉綠葱葱。舞衣蜜色妝花露。蒼日夕陽照影紅。果解語。萬千重。株株模樣似相同。笑談暢飲茗芳味。共享吾情至至之

中山。

鹧鸪天·番茄园

果解

青青竹丝一丛丛，枝枝叶叶绿葱葱。舞衣蜜色妆花露，落日夕阳照影红。

语，万千重，株株模样似相同。笑谈畅饮芬芳味，共享春情在意中。

蝶戀玉樓春 小島晨韻

日照碧湖風影後。波上浮光。染盡輕寒柳。青雀款款走香姿。嫩葉飄飄如翩袖。小徑花朵歌韻奏。兼賞芬芳。試學春華秀。初思今日待閑情。更盼明朝相約友、

蝶恋玉楼春·小岛〔一〕晨韵

日照碧湖风影后，波上流光，染尽轻寒柳。青蕉款款弄丰姿，娇叶飘飘如扇袖。

小径飞来歌韵奏。兼赏芬芳，试学春拳秀。初思今日待闲情，更盼明朝相约又。

〔一〕小岛：指四川省绵阳市游仙区小岛居民新区。

渔家傲　咏柳

枝枝寒丝垂未老，缕缕柳眼新晴早，無限新顏江岸好。輕韻調。清風一拂垂姿俏，兩岸長堤成緑道，九橋小徑無聲悄，只有芬芳行间繞，人來到，賞情頗覺年還少。

渔家傲·咏柳

枝枝寒丝垂未老，双双柳眼报时早。无限新欢江岸好，轻韵调，清风一带丰姿俏。

两岸长堤成绿道，九桥小径无声噪。只有芬芳行间绕，人来到，赏情顿觉年还少。

浪淘沙 小院秋韻

簾外草如茵。華露尽滋。滿園秋意色如春。小徑行間留客處。漫步宜人。歌者正彈琴。遠送餘音。聲聲幽韻止風塵。夢裏芭徑尋美景。日日成真。

浪淘沙·小院秋韵

帘外草如茵，华露登临，满园秋意色如春。小径行间留客处，漫步宜人。

歌者

正弹琴，远送余音，声声幽韵止风云。梦里曾经寻美景，今日成真。

梅詞 詠梅

染霜沾露。養得瓊枝嬌放恣。雪潤風花·一片紅顏似晚霞。含香解語。欲待朝來又歸去。艷色如波·看盡千姝未覺多·

梅词·咏梅

染霜沾露，养得琼枝娇放怒。雪润风花，一片红颜似晚霞。　泛香解语，欲待朝来又归去。艳色虹波，『看尽千林未觉多』。

蝶戀花 巖松

命與青山同歲早。相繫危巖。雖養雲姿倩、雪壓霜枝如困草。風裁翠色芳顏少。

雖在人前身矮小。常伴浮雲。倚壁憑空繞。卻對蒼涼非苦惱。仍將嫣面當天笑。

蝶恋花・岩松

命与青山同岁早。相系危岩，难养丰姿俏。雪压霜枝如困草，风裁翠色芳颜少。

虽在人前身矮小。常伴浮云，倚壁〔一〕凭空绕。却对苍凉非苦恼，仍将娇面当天笑。

〔一〕壁：指黄山峭壁。

渔家傲　鹤怀

丹巖绝頂山非小。流云如海峰如岛。翠岸暖花光日好。闻鸡叫。仙架神器飘然到。小径幽幽无团草。大道青青長年茂。石像面颌如人笑。逐不老。仙翁仙歡都奇妙。

渔家傲·惊怀

丹岩绝顶山非小，流云如海峰如岛。翠岸晒靴〔一〕光日好，闻鸡叫〔二〕，仙架神器〔三〕飘然到。小径幽幽无困草，大道青青长年茂。石像面颜如人笑，还不少，似禽似兽都奇妙。

〔一〕晒靴：即传说中的仙人晒靴。指西海排云亭有一块像靴子的奇石。〔二〕鸡叫：指从半山寺看到的一块奇石，如金鸡报晓，岩壁上还刻有『空中闻天鸡』五个大字。〔三〕神器：指飞来石，在去西海的途中可以看到。

阮郎歸 街柳

清風一帶綠分開，臨樓成两排，滿街無盡花人腮，芬芳醉夢懷，悠悠步，賞春來，輕輕把腳指，行間留影讓心猜，朝陽如意乖。

阮郎归·街柳

清风一带绿分开，临楼成两排。满街飞絮托人腮，芬芳醉梦怀。

悠悠步，赏春来，轻轻把脚抬。行间留影让心猜，朝阳如意乖。

柳含煙 岸柳

渠邊翠、愛陽春。旖旎翩翩倩影。随風梳萼吐嫣黄。一身香。剪剪東風早到、线线柔丝垂钓、牵枝来作有闲人。養天真。

柳含烟·岸柳

渠〔一〕边柳，爱春阳，荡漾粼粼倩影，随风梳梦吐娇黄，一身香。　剪剪东风今早到，线线柔丝垂钓。牵枝来作有闲人，养天真。

〔一〕渠：指绵阳市开元电厂引水渠。

帶含煙　堤柳

嫣眉淡、眼初開。拂露含煙映水。清風一帶郭
時來、意鸛懷、漸染一江春色甃、香泛行向人
面。垂絲篇起融冰流、鎖寒愁。

柳含烟·堤〔一〕柳

娇眉淡，眼初开，拂露含烟映水，清风一带报时来，意惊怀。　渐染一江春色艳，香泛行间人面。垂丝荡起融冰流，锁寒愁。

〔一〕堤：指安昌江堤岸绵阳城区堤段。

添聲楊柳枝 塞郵

牖外星空照夜鄉。月微茫。煙霞縹緲共天長。待朝陽。江岸柳林留殘綠。染寒霜。春風拂露夜清香。又時良。

添声杨柳枝·寒柳

窗外星空照夜乡，月微茫。烟霞缥缈共天长，待朝阳。

江岸柳林留残绿，染寒霜。春风拂露度清香，又时良。

惜分飛 黄河壶口

玉水明沙東流去。千里流經此處。窄岸新分路。斷巖直落低飛渡。峭壁高掛雲霞瀑。騰起浩然煙霧。鸛浪成天幕。水魂化作磅礴怒。

惜分飞·黄河壶口

玉水明沙东流去，千里流经此处。窄岸新分路，断岩直落低飞渡。

峭壁高挂云霞瀑，腾起浩然烟雾。惊浪成天幕，水魂化作磅礴怒。

品令　風城

出行早，途中慢。千里匆匆晚到。暮前見、一派夕陽色，泛淒涼。靜悄悄。塵土流沙荒野，峭壁危亙城壘，水族事，萬古還記着，流光裏，藏奇妙。

品令·风城[一]

出行早，途中慢，千里匆匆晚到。暮前见、一派夕阳色，泛凄凉、静悄悄。尘土流沙荒野，峭壁危台城堡。水族[二]事、万古还记着，流光里、藏奇妙。

[一]风城：即新疆维吾尔自治区乌尔禾魔鬼城，也称风城。[二]水族：相传乌尔禾魔鬼城在一亿多年前曾是一个巨大的淡水湖泊，是一片水族欢聚的天堂。

風入松　山峯

沾霜染露濃如黛。嬌葉毅婷婷。風搖雨潤清如黛、一丘丘、儀態盈盈。總覩眼前美景、又聞林鳥啼鳴。

閑情漫步訪幽亭。獨賞一山青。千回縱目難窮盡、再看時、陣陣心鶩、魂繞芳橋香徑。歸途如夢生情。

风入松·山峰〔一〕

沾霜染露洁如莹，娇叶貌婷婷。风摇雨润清如玉，一丝丝、仪态盈盈。悠睹眼前美景，又闻林鸟啼鸣。闲情漫步几幽亭，独赏一山青。千回纵目难穷尽，再看时、阵阵心惊。魂绕芳桥香径，归途如梦生情。

〔一〕山峰：指瑞士阿尔卑斯山一处山峰。

西江月 小镇

偉岸依依相伴，曲灣靜靜為鄰。清波瀲水映浮雲，一目煙花雅者。窗外春風樹影，行間香沾衣襟。幽途細品好晨韻，無視歸情久困。

西江月·小镇〔一〕

伟岸依依相伴，曲湾静静为邻。清波洁水映浮云，一目窗花难尽。帘外春风摇影，行间香泛衣襟。幽途细品好晨韵，无视归情久困。

〔一〕小镇：指瑞士西南萨斯费小镇。

更漏子　小憩

悠悠行，綿綿路，細賞沿途風光。初歇息，品清茶。異鄉遇作客。邀訪去、深巷處。驀見臘花正怒。聽相敘。看紅茵。寒冬似暖春。

更漏子·小憩

悠悠行，绵绵路，细赏沿途风光。初歇息，品清茶，异乡〔一〕遇作家〔二〕。邀访去，深巷处，惊见窗花〔三〕正怒。听相叙，看红茵，寒冬似暖春。

〔一〕异乡：指瑞士西南部一个山区小镇。〔二〕作家：在小镇上第一个相遇的人是一位作家，并相见如故。〔三〕窗花：小镇上的房屋全部用木材建造，所有窗户都摆设或移栽了鲜花，使整个小镇明艳之极，即使是寒冷的冬天，也犹如春天般烂漫。

品令 花廊

水淼淼。湖靜靜。唯有夕陽輕照。清暉裹。長听如嫣月。映一寸。光華道。翠蓋秋廊獨艷。花泛芬芳孤傲。幽欄內。香染行間路。醉游人。游人笑。

品令·花廊

水淼淼，湖静静、唯有夕阳轻照。清晖里、长岸如娇月，映一寸、光几道。

翠盖秋廊独艳，花泛芬芳孤傲。幽栏内、香染行间路，醉游人、游人笑。

漁家傲　静湖

既恐昨晚風捲起，又亂飛雪礙人意。幸見曉晴天日碧。雲似倚，輕輕巧把山腰繫。潭水漣漪潛魚戲，丹霞波影如絲細，長岸似待春痕記，朝陽裹，憑嬌靚妝紅顏麗。

渔家傲·静湖〔一〕

既恐昨晚风卷起，又愁飞雪碍人意。幸见晓时天日碧，云似绮，轻轻巧把山腰系。

洁水涟漪临鱼密，丹霞波影如丝细。长岸似将春痕记，朝阳里，凭娇睹尽红颜丽。

〔一〕静湖：指新疆维吾尔自治区喀纳斯湖。因为湖水流动缓慢，水面几乎静止不动，人行其中，会不自觉地屏息凝神，生怕把它从梦中惊醒。

夏雲峯　長城懷舊

似巨龍、永卧立。静ミ守土從容。曾是御防屏障、
萬里相通。舊痕ミ見、峻嶺上。一目難窮。斑駁墻、
烽煙記憶。拓印其中。登臨心態千重。賞風歌、未
減情裏悲衷。難忘遠征抗敵、壯烈英雄。保山
忠骨。魂繞夢、淒魄横空。多少事、清ミ在目。沖
擊人胷。

夏云峰·长城怀旧

似巨龙，永卧立、静静守土从容。曾是御防屏障，万里相通。旧痕今见，峻岭上、一目难穷。斑点墙、烽烟记忆，拓印其中。登临心态千重，赏风貌、未减情里悲衷。难忘远征抗敌，壮烈英雄。深山忠骨，魂绕处、凄魄横空。多少事、清清在目，冲击愁胸。

浪淘沙 都江堰

雲雨水茫茫。遠抵岷江。流經此處止新狂。奔湧而來重調遣、分入河床。幽道似瓶妝、巧臥山旁。飛來疊浪一江長、內外碧波嬌又細、騰起清香。

浪淘沙·都江堰

云雨水茫茫，远抵岷江〔一〕，流经此处止新狂。奔涌而来重调遣，另入河床。

幽道〔二〕似瓶〔三〕妆，巧卧山旁。聚来叠浪一江长，内外〔四〕碧波娇又细，腾起清香。

〔一〕岷江：长江上游支流。〔二〕幽道：指玉垒山山嘴上新凿建的人工河道口。〔三〕瓶：指宝瓶口，即人工河道口如同一个瓶口，约束了倾泻的洪水，让它通过窄小的瓶口汇聚成细流流出来。〔四〕内外：指内江和外江，即上游的『分水鱼嘴』、『金刚堤』将岷江分为内外两江。

訴衷情 崇敬

千階漸漸迈陛空。環繞古神宮。雪域清雅如畫。林卡裏、花兒紅。雕彩繪、靚金鐘、意濃濃。而如心語。釋盡虔誠、啟爾人恭。

诉衷情·崇敬

千阶渐渐近临空，环绕两神宫〔一〕。雪城〔二〕清雅如画，林卡〔三〕里、花儿红。瞧彩绘，睹金钟，意浓浓。面如心语，释尽虔诚，殿肃人恭。

〔一〕两神宫：现在的布达拉宫有十三层，其中，东部有白宫，中部有红宫。〔二〕雪城：指宫墙内的山前部分。〔三〕林卡：指宫墙内的山后部分，即布达拉宫的后花园。

訴衷情 嘆故宮

歷經風雨幾千天。歲歲盡朱顏。匠心造就宮殿、華麗富、仍威嚴、談往事、憶前賢。惜流年、藝風拂面、古韻驚魂、感嘆連連

诉衷情·叹故宫

历经风雨到今天，岁岁[一]尽朱颜。匠心造就宫殿，华丽处、仍威严。
谈往事，忆前贤，惜流年。艺风拂面，古韵惊魂，感叹连连。

〔一〕岁岁：指故宫变迁的六百年。

水龍吟　游山

朝陽淺照幽途，清風漸送芬芳露，迺霞追影。輕履快步，匆匆趕路，初見橋前，環山峦色，万溪蝶舞，蒼樹稀林悄，再瞧小鳥。高枝上，梳嬌羽。又在島上漫步。覩峰腰，薄薄殘霧，紫陽書院。巖茶雅座。墨香悠溢，九曲飛波，輕筏推浪。水花如雨，夜歸還得意，閑憑夢裏，踏芳重旅。

水龙吟·游山〔一〕

朝阳淡照幽途，清风渐泛芬芳露。迎霞追影，轻履快步，匆匆赶路。初见桥前，满山蜜色，两涯蝶舞。趁树稀林悄，再瞧小鸟，高枝上，梳娇羽。又在岛上漫步，睹峰腰，薄云残雾。紫阳书院〔二〕，岩茶雅座，墨香悠渡。九曲〔三〕飞波，轻筏摇浪，水花如雨。夜归还得意，闲临梦里，踏芳重旅。

〔一〕山：武夷山。〔二〕紫阳书院：指朱熹在武夷山的书院。〔三〕九曲：指武夷山九曲溪。

寶鼎現　秋游

朝霞含露，碧水流波。青山華麗，乘雅興，途中争賞，嫣
色多姿如錦砌。浪花飛交。斷崖千尺墜，一幕幕煙霧影
漸掩映，五彩繽紛，繪出濃濃秋景。　古樹倚峰由風盤，被
拖時，泛出彩韻。紅葉上，鶯歌吟唱。一曲清音鶴保徑，又
飛瀑，翠泉千萬縷，挂似采帆輕綉，瀉瀉處，汪汪有几，滴不
裁成小海。　芳道峭壁絕幡，如畫卷，風雕霜旋，水磨崩盆
景青青，滄桑歷歷，順眼看，綠衣無損，艷粉迷人意，難思
難。划搖小舟，再觀菊花起舞。

宝鼎现·秋游

朝霞含露，碧水流波，青山华丽。乘雅兴、途中争赏，娇色丰姿如锦砌。浪飞处、断崖千尺坠，一幕云烟雾影。渐掩映、五彩缤纷，绘出浓浓秋景〔一〕。古树倚岸由风系。被摇时、泛出新韵。红叶上、莺歌吟唱，一曲清音惊绿径。又飞瀑、翠泉千万缕，轻似柔帆素绮。淡淡处、汪汪两片，灌木栽成小海。芳道峭壁经幡，如画卷、风雕霜嵌。水磨〔二〕前、盆景青青，沧桑历历。顺眼看、绿衣无损，艳粉迷人意。强忍难、欲摇小舟，再睹芦花起舞。

〔一〕秋景：这里指九寨沟秋天的景色。〔二〕水磨：指经过流水冲击而转动的石磨。

瑞鶴仙 小鎮

長街蔭庇路，艷態如綠傘，半掩朱戶，漏光映嫣樹，幽幽素簾外，春蘭吐露，絲絲芳緒，夜潤香仙敍花語。小巷旁，主人逗鳥，雙雙籠前歌舞，移步，浪搖橋影，淺涌溫泉，騰起水柱。碧波放怒，高亢後，揚濃霧，被朝陽照盡。光沾飛瀑，雲煙變為金縷，任風飄，繞過庭院，化成清夢。

瑞鹤仙·小镇

长街荫庇路，艳态如绿伞，半掩朱户。漏光映娇树。幽幽素帘外，春兰吐露。丝丝芳绪，度润香、似叙花语。小巷旁、主人逗鸟，笼前双双歌舞。移步。浪摇桥影，溪涌温泉，腾起水柱。碧波放怒，高飞后，扬浓雾。被朝阳照尽，光沾飞瀑，云烟变为金缕。伴风飘、绕过庭院，化成清絮。

莺啼序 秋林水韵

秋风送来美景，总邀千里去。情切切，心往神牵，远行约定长路。如期盼，南疆放眼，天文润生葱葱绿，映目人半醉。初衷化为心恕。细看流溪，翠荫掩水，荫影含清露。风摇后，偷惹云烟，凭空悠后嫣喜。入芳屏。林深道宽，向曲径，芬芳飞激，嫩叶前髮缠斜阳，薄沾轻露，碧波流缓，小岛临分，潺潺续新旋。十里坡，崖过河宽，岸倚山陡，浪盖涟漪，泛起狂绪，坡换乱草，风吹残木，凄凄古树横空宿，宇波向浅，系沙和大。淌淌叠浪，摇去滴滴甘泉。浇出苍劲秋树，夕阳晚秋。小鸟低飞草色妆艳舞。过青草，牛儿便则。似懂人心，不择莺歌，惟享食饥。树前坐憩。长长廊花外，漫霞染照归来燕。浇炊烟烟飞过闲庭处，水乡独有人家，门户幽幽。素颜未老。

莺啼序·秋林水韵

秋风送来美景，应邀千里去。情切切、心往神牵，远行约定长路。如期盼、南疆放眼，天戈润出葱葱绿。映目人半醉，初衷化为心怒。细看流溪，翠荫掩水，落影含清露。风摇后、偷惹云烟，凭空悠泛娇素。入芳屏、林深道窄，满曲径、芬芳飞渡。嫩叶前、几缕斜阳，薄沾轻雾。碧波流缓，小岛临分，淡淡续新旅。十里后，崖逼河窄，岸倚山陡，浪盖涟漪，泛起狂绪。坡扶乱草，风吹残木。凄凄古树横空宿，寄波间、浅系沙和土。湍湍叠浪，携去滴滴甘泉，浇出苍劲秋树。夕阳晚牧，小鸟低飞，草色妆艳舞。遇青草、牛儿便到，似懂人心，不扰莺歌，唯享食欲。桥前望极，长廊花外，落霞淡照归来燕，绕炊烟、飞过闲庭处。水乡独有人家。门户幽幽，素颜未老。

鶯啼序 寻韻

臨秋又尋好景，遠行湘西路。過雲海、索道如虹，恰似迷影飛渡。繞小徑，懷情入寨，傳來舊語今人訴，念賜魚救助。相聞想起千古。攀上芳階，倚亞眺望，贊南天一柱。放眼看，舒爽清溪，茶交宗柏華露，小橋前、風嬌霧繞，东山頂、銀霞金纏，待來人。景醉歡情，心生幽意。

峻峯涯起，遍地嶙峋，巍然磅礴怒也秀美，家點翠色，花染清風，绿泛芬芳。堪慕鸛目，長坡田埂，山嵐漸遠，遠眺怪石如人像，聽傳說，鞭趕蒼山去，溪邊暗棄，化為草色天涯，訴將舊事新敘。

峯林生趣，霞日山崖，已翠屏金澈。澹澹碧，夕陽如燭，慕景迷歸，縹緲悠然，漸入夜幕。餘暉待看，高峯還在，似邀風月共夜景。興衝衝，昂首由人觀。流連暮色森林，惬惬行程，寸心皆好。

莺啼序·寻韵

临秋又寻好景，远行湘西路。过云海、索道如虹，恰似迷影飞渡。绕小径、怀情入寨[一]，传来旧话今人诉。念赐鱼救助[二]，相闻想起千古。攀上芳阶，倚匣[三]眺望，赏南天一柱。并眼看、舒爽清溪，茶交松柏华露。小桥前、风娇雾艳，东山顶、银霞金缕。待来人、景醉欢情，心生幽素。峻峰挺起，遍地嶙峋，巍然磅礴怒。也秀美、松点翠色，花染清风，绿泛芬芳，堪惹惊目。长坡回望，山峦渐近。远瞧怪石如人像，听传说、鞭[四]赶苍山土。溪边暗弃，化为草色天涯，欲将旧事新叙。峰林望极，霞日山崖，已翠屏金渡。淡云点、夕阳如烛，惹景迷归，缥缈悠然，渐入夜幕。余晖待看，高峰还在，似邀明月共夜景，兴冲冲、昂首由人睹。流连暮色森林。惬意行程，寸山皆好。

［一］寨：指张家界国家森林公园中的黄石寨。［二］赐鱼救助：指赐天鱼救助张良的故事。［三］匣：指天书宝匣石峰。［四］鞭：据说秦始皇曾经手执仙鞭赶山填海，此鞭丢失在张家界后，化为突兀的石峰。

憶舊遊　乘船過長江三峽

記倚欄北望。鶴觀微波、笑讚香風、兩岸嬌如畫。賞秋眼裏意、寄旅其中。一色碧空似水、唯有彩帆紅。峭壁逼江時、萬濤收窄、似鎖蛟龍、情濃、向西望、乍見巫山雲。來去匆匆。繞奇峰疊翠、載出山色美。展君芳容。一柱巖石如劍、護水守長江。水連十二峰、峰峰景色都不同。

忆旧游·乘船过长江三峡

记倚栏北望，惊睹欢波，笑赞香风。两岸娇如画，赏秋痕衷意，寄旅其中。一色碧空流水，唯有彩帆红。峭壁逼江时，万涛收窄，似锁蛟龙。情浓，向西望，乍见巫山云，来去匆匆。绕奇峰叠翠，载幽山秀丽，展尽芳容。一柱岩石如剑，护水守长江。水连十二峰，峰峰景色都不同。

瑞鶴仙　幽山

煙山嬌待雨、薄霧浮悠云云。清風扶綠、靚光賞千古、靚青城圖上、憶鶴初旅。衆賢借宿、處切切佳作寄語。似聞聲、幽韻飛來。隨入密林深處。台台迴霞棲外。獨生亭中、細聽翠竹。閑情滿步步、寬靜處、又尋路。過亭前移影、輕輕窺視、喜見飛飛小鼠。隨覽風光、月色宜人、又生時語、

瑞鹤仙·幽山〔一〕

烟山娇待雨，薄雾淡妆云，清风扶绿。观光赏千古。睹青城图〔二〕上，怀惊初旅。众贤〔三〕借宿，爱切切、佳作寄语。似闻声、幽韵飞来，隐入密林深处。今去。迎霞桥外，独坐亭中，细瞧翠竹。闲情漫步，宁静里、入芳路。遇松前移影，轻轻窥视，喜见乖乖小鼠。览风光、月色宜人，又生醉绪。

〔一〕幽山：青城山。〔二〕青城图：继杜甫以诗盛赞青城山以来，又有不少文人墨客或诗或画赞誉青城山。据说张大千先生晚年远居巴西，也凭记忆创造了巨幅山水画《青城山全图》，抒发对青城山水的思念之情。〔三〕众贤：指徐悲鸿、黄宾虹等画界巨匠。他们先后追随张大千先生的足迹，或画青城山，或在青城山作画。

瑞鶴仙　養心山

淨门祈萬福，聖廟憩千求。夏思詳訴，寺前水飛瀑，見秋江交匯。老情牽結，舒心漫步。小浪起。波痕亂目。曲徑旁，人逗乖猴，暴出笑聲颇譟。幽處，山閑樹靜，望翠崖蔥，風香花怒，嬌鮮染露，悠悠照。仙閣燭。見芳橋亭外，雲絲如帶！織出夕陽絕幕，賞西峯！暮色風光，月顏漸靚。

瑞鹤仙·养心山〔一〕

净门〔二〕祈万福，圣庙应千求，忧思详诉。寺〔三〕前水飞渡。见秋江交汇〔四〕，尽消愁绪。舒心漫步，小浪起、波痕乱目。曲径旁、人逗乖猴，暴出笑声欢语。幽处。

山闲树静，壁翠崖葱，风香花怒。娇辉染露，悠悠照、似闺烛。望芳桥亭外，云丝如带，织出夕阳艳幕。赏西峰〔五〕、暮色风光，月颜渐睹。

〔一〕养心山：指峨眉山。〔二〕净门：指报国寺。〔三〕寺：指清音阁。〔四〕交汇：指黑龙江和白龙江交汇处。〔五〕西峰：指华藏寺，是峨眉山海拔最高的一座寺庙。

水龍吟 懷秋

華霜密撒西風夜。半掩寒枝晨鳥。朝露疏映。芬芳桂信。風梳秋草。井眼淙淙。高樓寥寥。濃油不少。黑金似山高。流光如束。停留處。將天照。千樹胡美韻。聆清風。萬丘後俏。碧空雲下。羣羊會覓。牧人獨喜。曉三山。天戈虹路。物流千里。嘆鷄心見解。歸魂感慨。久將情繫。

水龙吟·怀秋

华霜密撒西风夜，半掩寒枝晨鸟。朝露淡映，芬芳轻泛，风梳秋草。井眼深深，高塔密密，浓油〔一〕不少。黑金〔二〕似山高，流光如束，停留处、将天照。千树胡杨美貌，醉清风、万丘俊俏。碧空云下，群羊会觅，牧人独喜。旷野三山〔三〕，天戈〔四〕虹路，物流千里。叹惊心见解，归魂感慨，久将情系。

〔一〕油：指石油和天然气。〔二〕黑金：指煤炭。〔三〕三山：指『三山两盆』，即新疆维吾尔自治区境内的天山、昆仑山、阿尔泰山和柴达木盆地、吐鲁番盆地。〔四〕戈：指戈壁滩。

殢人嬌 秋韻

草染清風，露映花障，畫屏裏，晚秋模樣。牧人横馬，長鞭閑放，笑看處，傾情把心貼上。饞嘴牛羊青禾飼養，悠悠食。齒聲顫響。雪邊花间，欄旁翠帳，共月色，牕前夜山最亮。

殢人娇·秋韵

草染清风，露映花障，画屏里、晚秋模样。牧人横马，长鞭闲放，笑看处、倾情把心贴上。

馋嘴牛羊，青禾饲养，悠悠食，齿声频响。雪边花间，栏〔一〕旁翠帐〔二〕，共月色、窗前夜山最亮。

〔一〕栏：圈养牛羊的围栏。〔二〕帐：指放牧人居住和供游客住宿的帐篷。

更漏子　秋景

秋風園，清香泛。漸醉游人肝腸，漏光處，碧雲疏，光蔽果似珠。長藤下，廊道雅。少女繡花繪畫，一筆筆，一針針，直將心裏情。

更漏子·秋景

长藤

秋风园〔一〕，清香泛，渐醉游人肝肠。漏光处，碧云疏，光前果似珠。

下，廊道雅，少女绣花绘画。一笔笔，一针针，直抒心里情。

〔一〕园：指新疆维吾尔自治区葡萄沟里的葡萄园。

霜天曉角　感懷

高山飛雪，沒礙綿花發。一片彩雲天際，風吹動、都盡濕。秋絕。好季節。千里同顏色。欲勸老翁莫採。長留住。永遠白。

霜天晓角·感怀

高山〔一〕飞雪，没碍绵花发。一片彩云天际，风吹动、都素洁。

秋绝，好季节，千里同颜色。欲劝老翁莫采，长留住、永远白。

〔一〕高山：指新疆维吾尔自治区天山山脉。

河瀆神　碧湖

山上銀峯雪。雲邊湖清水潔。小溪流過沒停歇。淺生青草绿蕨。曠野牛羊無欄隔。自知歸時離别。帳外牧人歌绝。關心歡慶佳節。

河渎神·碧湖

山上几峰雪，云边湖清水洁。小溪流过没停歇，浇出青草绿蕨。　旷野牛羊无栏隔，自知归时离别。帐外牧人歌绝，开心欢庆佳节。

霜天曉角 情懷

塞外羊歸、牧人親作陪、道上日行百里、朝夕伴、共安危、長征征相隨、曉時時不炊。幾次帳前立馬。注目望、看缺誰。

霜天晓角·情怀

家外羊归，牧人亲作陪。道上日行百里，朝夕伴，共安危。　长夜夜相随，晓时时不炊。几次帐前立马，注目望、看缺谁。

應天長 拱橋

橋拱似月欄如玉，天塹貫通青石路，古今人，自由去。傍水依山家永住，過此途，添去處，不怕雪霜風雨。日日牛羊快步。天天車無數。

应天长·拱桥〔一〕

桥拱似月栏如玉，天堑贯通青石路。古今人，自由去，傍水依山家永住。　　过幽途，添去处，不怕雪霜风雨。日日牛羊快步，天天车无数。

〔一〕拱桥：指四川省平武县涪江北岸一座通往山区的古石桥。

卜算子 農家樂

翠蓋瓦邊紅，花掛芳香露，侥過竹籬去賞魚，鶯指前方路。離别闹市中，悄到悠閑處，獨飲盃中清淡茶，愁绪全消去。

卜算子·农家乐〔一〕

翠盖瓦边红，花挂芳香露。绕过竹篱去赏鱼，莺指前方路。离别闹市中，悄到悠闲处。独饮杯中清淡茶，愁绪全消去。

〔一〕农家乐：指四川省农村供人们餐饮、娱乐、休闲的场所。

看花田古鎮覽勝

雨過天晴，夕陽勝過朝旭，撒出金輝燦爛，艷照西山下。濃染樓宇。庭院新嫣，青瓦紅果如翡玉。瞧檐後，也見院前。綉幅雅屏畫飛瀑。门外看。清風翠巷，幾曲徑，繞花東去。香泛幽簾，素欄，似引覽舊屋，細賞千古。牧歸老翁，正拴牛兒樹根處。浣衣女，美波笑。忘記時當年。

看花回·古镇览胜

雨过天晴，夕阳胜过朝旭。撒出金辉灿烂，艳照西山下，浓染楼宇。庭院新娇，青瓦红梁如彩玉。瞧柱后，也见窗前，几幅雅屏画飞瀑。门外看、清风翠露，几曲径、绕花东去。香泛幽帘素栏，似引览旧壁，细赏千古。牧归老翁，正拴牛儿树根处。洗衣女、弄波笑，忘记时当午。

漁家傲 山景

七十二景催人叫。一輪九日比人早。近觀青斎魂與貌。風情調。枝枝葉葉生奇妙。五海丹巖天柱俏。孫山造出神仙廟。仙有高僧聞口笑。誠言道。願君君度長年少。

渔家傲·山景

七十二景〔一〕催人到，一轮旭日比人早。近睹青松魂与貌，风情调，枝枝叶叶生奇妙。

五海〔二〕丹岩天柱〔三〕俏，孤山造出神仙庙〔四〕。似有高僧开口笑，诚言道，愿君今后长年少。

〔一〕七十二景：指黄山的七十二峰。〔二〕五海：《黄山志》载，黄山自古云成海，故形象地称为黄海。后来，又按区域划为五大块，并俗称为『五海』，即南海、东海、天海、西海、北海。〔三〕天柱：指黄山飞来石，高达12米，重达360吨，直立在距光明顶约1公里远的峭壁上。〔四〕神仙庙：指黄山上的寺庙。

漁家傲 如幻

山着雲衣天工巧。崖雕美景似人造。凡是清風来一道，均搖擺，瞬间又变新容貌。為貴丹巖光日好，親臨蓮座慈光廟。今見同行消失了，太奇妙，忽闹又見同行到。

渔家傲·如幻

山着云衣天工巧，崖雕美景似人造。凡是清风来一道，均换掉，瞬间又变新容貌。

为赏丹岩光日好，亲临落座慈光庙〔一〕。乍见同行消失了，太奇妙，云开又见同行到。

〔一〕慈光庙：指黄山慈光寺。

品令 賞鱼

乍雨雪、乍風日、難料相逢時刻、盼情急、邁上千里路。步匆匆。心切切。翠岸约時見面、共賞湖水清澈、小鱼兒、輕戲波光交。秀身嬌。露鳞色、

品令·赏鱼

翠

乍雨雪，乍风日、难料相逢时刻。盼情急、迈上千里路，步匆匆、心切切。

岸约时见面，共赏湖水清澈。小鱼儿、轻戏波光处，秀身娇、露雅色。

哨遍 竹韻

氣勢挺拔，滿逞風姿，標守如豐碑，永古讚，能記夢千回，慕名於身身抵。正逢晴，乘棹快臨高亭，憑欄眺竹觀光急，迎目影清清，倚篁佇岸，遠山含黛如碧，浮浩渺綠海濤濤元元，靜悄悄，似抱遊宮窺，雨潤蔥林，風拂婆娑，漾波捲起，移，亦詠人宜。幽徑引我探疏密，旭日風光淨，滿天處，如翡翠，艷纏繞崎嶇，交映濃濃。巧似玉節拋嫣媚，華露潤節暉，高掛枝上，流光沾滿香氣。聽秋風起處有琴聲，長弦奏，悠悠寄情思，伴清韻，閑人佳地，杆杆留步人憩。又賞流波去，一溪小浪臨谷底。蓄起一潭碧水，深深映出竹相倚，迎風吹，泛出愜意。

哨遍·竹韵

气势挺拔，潇洒风姿，操守如丰碑。永古赞，能记万千回。慕名孤身匆匆抵。正逢时。乘梯快临高处，凭栏眺竹观光急。迎目影清清，修篁伟岸，远山含黛如碧。叹浩渺绿海〔一〕淡云飞，静悄悄、似把游客窥。雨润葱林，风摇婆娑，洁波卷起。　移。小路人宜。幽径引我探疏密。旭日风光净，漏天处、如翡翠。艳缕绕崎岖，交映浓淡，巧妆玉节抛娇媚。华露润余晖，高挂枝上，流光沾满香气。听秋风起处有琴声，长弦奏、悠悠寄情思。伴清韵、闲入洼地，轻轻留步人憩。又赏流波去，一溪小浪临谷底，蓄起一潭碧水。深深映出竹相倚，遇风吹、泛出惬意。

〔一〕海：指四川省蜀南竹海。

風流子 閘子碉樓

望百峯疊翠。覽天下、小島繞雲飛。鄧江水如鏈、一川歡浪、密林茂竹、半掩碉樓、臨山脈、綠波滔似海、樓院歡如舟、金色稻田、龍收偉峙、泛采芳味、像待人歸、

夕陽、西晚、游人還願停留、又賞千樓千面。色染三秋、讚裙褶窗花、半懸古風。老牆古韻、飾柱高垂、感嘆鄉愁寄宇。室內幽幽。

风流子·开平碉楼

望百峰叠翠，蓝天下、小鸟绕云飞。几汪水如链，一川欢浪；密林茂竹，半掩碉楼。临山眺，绿波滔似海，楼院影如舟。金色稻田，艳妆伟岸；泛来芳味，像待人归。

夕阳今回晚，游人还愿停留。又赏千楼千面，色染春秋。赞裙楣窗花，半悬空满；老墙古韵，饰柱高垂。感叹乡愁寄宇，室内幽幽。

憶舊游　黄龍彩池

幾汪清泉水，匯山中。泛起漣漪。一片斑斕色，十里嫣波麗，花墜瑤池。霞光淺映山影，秋景眼迷離。細涓像琴絲，浪花敲響，聲似鶯啼。

芳堤，鈣華瓷，恰如銀滴地，道徑如梯。錯落高低叢，疏織方圓間，半霞雲海，古樹無育新綠。松柏勇相依。移目覽夕陽，笑無又覺初暮奇。

忆旧游·黄龙彩池

几汪清泉水，汇入山中，泛起涟漪。一片斑斓色，十里娇波艳，花坠瑶池。霞光浅映山影，秋景眼迷离。细涓像琴丝，浪花敲响，声似莺啼。芳堤，钙华密，恰如银满地，道径如梯。错落高低里，疏织方圆间，半露丰姿。古树兼育新绿，松柏两相依。移目览夕阳，突然又觉初暮奇。

临江仙 海岛行

千里扬帆鹣海阔，娇霞映出眉红。相逢一路沐和风。悠悠远渡，仍見日當空。倚欄近窺风搅水，見滄小岛波中。集群飞鳥戲長虹。千回騰起，都是興衔……

临江仙·海岛行

千里扬帆惊海阔，娇霞映出眉红。相逢一路浪和风，悠悠远渡，仍见日当空。

倚栏近窥风卷水，见淹小岛波中。几群飞鸟戏长虹，千回腾起，都是兴冲冲。

洞仙歌　洞天

於云崖翠。被云云烟裡卷。缕缕风来暗香远。入平湖、飘向离岸游船。人衣染。頓泛芬芳一片、青山携峭壁。错落相连。洛洞开庵见佛殿、尖映清空、溪照闲时。霞变变、光鹳飞面。低似伞。长住又高悬。仙专翔嬉游。伴风飞旋。

洞仙歌·洞天

孤山崖翠，被云烟轻卷。缕缕风来暗香远。入平湖、飘向离岸游船，人衣染，顿泛芬芳一片。

青山携峭壁，错落相连，溶洞开帘见佛殿。小火映清空，淡照闲时，宾客处、光惊愁面。纸做伞、长丝又高悬，似素雅娇妆，伴风飞旋。

踏莎行　戈壁峽谷

秋染天戈，風吹古道，紅連峽谷沙非少。浮雲移影雨藹藹，夕陽浸照萋萋草。

歲月沉沉，疊石悄悄，年輪記下蒼天老。為危壁畫敘滄桑，靜聆無語銷魂早。

踏莎行·戈壁峡谷

秋染天戈，风吹古道，孤途峡谷沙非少。浮云移影雨蒙蒙，夕阳淡照萋萋草。

岁月沉沉，叠石悄悄，年轮记下苍天老。两帘壁画叙沧桑，静瞻无语销魂早。

满庭芳 踏秋

落日风清。晓天云散。北山凉意宜人。橘园香泛、千芳染衣裙。乘兴同途赏景。红灿灿、艳映乡邻。三年里、荒山頽换、绿树柔如茵。堪鹭、欣乐处、人栽翠色。霞映出情。久久回思看、琢磨女贵、贴近枝头吻过。多少次、浸溢胸襟、相聆久人。饮芳醉时、盛待撼秋魂。

满庭芳·踏秋

淡日风清，晓天云散，北山凉意宜人。橘园香泛，千步染衣裙。乘兴同途赏景，红灿灿、艳映乡邻。三年里，荒山颜换，绿树果如金。堪惊，欢乐处，人裁翠色，露泛幽情。久久细心看，珍爱如宾。贴近枝头吻过，多少次、泪湿胸襟。相临久，饮芳渐醉，盛待撼秋魂。

多麗　山邨暮色

晚霞明，一川翠色青青。借東風，輕拖暮影，斜暉畫出秋屏。乘流光，人遊溪水，小橋處，情入閑庭。不喜鷺驚，千家老院，古樸幽靜泛悠情。把古古今今，深藏孤壑。似記舊危亭，惟屋頂，雲貼灰瓦，香染紅綾。最舒心，歌聲漸近，适田放牧郊翁。畜群來，滿漂走過，山歌袅，鄉韻清清。芳草如茵，香芬陣陣，秋山蔥變似牛棚，暮色袅，月逢歸日，還端万三星，多情但，癡魂陶醉。心境難平。

多丽·山村暮色

晚霞明，一川翠色青青。借东风、轻摇暮影，余晖画出秋屏。乘流光、人游溪水，小桥处、悄入闲庭。乍喜惊怀，千家老院，古朴幽静泛悠情。把古意、深藏孤壁，似记旧危亭。唯屋顶、云临灰瓦，香染红绫。

最舒心、歌声渐近，迎回放牧村翁。畜群来、潇洒走过；山歌里、乡韵清清。芳草如茵，香芬阵阵，秋山葱处似牛棚。暮色里、月逢归日，还带两三星。多情夜，痴魂陶醉，心境难平。

買陂塘　山花樹徑

巨峰間、溝塗坡陸，懸崖遍布山谷。熱風冷雨留痕處，生生蔥蔥芳綠。雕草木，花盛裹，一川錦氣復千古。太多花樹，任紫紫黃黃，嬌顏一片，朵朵解心語。濃香溢，緊傍行人腳步，悠悠相伴長路。清風已讓衷情爽。醉了賞花心緒，難舍去。別了後，離時還盼花相遇，頻頻寄語，幾番重歸，化成新翠，與樹共長住。

买陂塘·山花〔一〕树径

巨峰间，沟深坡陡，悬崖逼窄山谷。热风冷雨留痕处，生出葱葱芳绿。瞧草木，茂盛里，一川移影复千古。太多花树。任幽意盎然，娇颜一片，朵朵解心语。浓香泛，紧倚行人脚步，悠悠相伴长路。清风已让衷情爽，醉了赏春心绪。难舍去，别了后，离时还盼花相遇，频频叹语。几欲再重归，化成新翠，与树共长住。

〔一〕山花：指四川省江油市吴家后山辛夷花。

多麗　幽景

似成迷，天戈大漠離奇，是何因飛沙止境，流波古樹相依，登平湖，藍天貽畫，碧如海，細映香紅，憑崎臨灘，幾池坐趣，一汪柔水半淹浸，浪中樹，如懷千古，慈面像長詩，留寒裏，風抱倩影，花霞香姿。島幽，芬芳遠溢。正引群鳥一抛，下飛時，常收雙翅，放歌韻，似訴心思，遠過夕陽，婆紅細看，霞光斜照漏林稀，賞全景。水天如畫，乘興頌新詞，多情地，慕名來訪，一二題劍離。

多丽・幽景

似成迷，天戈大漠离奇。是何因、飞沙止境，流波古树〔一〕相依。几平湖〔二〕、蓝天照尽，碧如海、细映云丝。凭岸临滩，残池望极，一汪柔水半淹泥。浪中树、如怀千古，慈面像长诗。留寒里、风摇倩影，花露丰姿。

岛幽幽、芬芳远泛，正引群鸟一批批。下飞时、窄收双翅；放歌韵、似诉心思。透过夕阳，染红细看，霞光斜照漏林稀。赏全景、水天如画，乘兴颂新词。多情地，慕名来到，不愿别离。

〔一〕古树：指胡杨树。〔二〕湖：指新疆维吾尔自治区沙雅县月亮湾湖。

疏影 孤禾

沙如玉潔。满地黄燦燦。嫣似金色、一片丘鄉、荒漠情情。幽风畫出紋雕。舒舒緩緩悠悠荡。浪捲起、波光微折、遠望時、曠野疑斜。雖辨眼前南北、鸛靚坡中飽翠。一禾日午苦、百里不绝。滲注芬芳。慰藉秋痕。不讓生機全滅。長居大漠無怨憂、且茂盛、是何緣故。都感嘆、獨守西疆、飽受酷寒炎熱。

疏影·孤禾

沙如玉洁，满地黄灿灿，娇似金色。一片丘乡，荒幕清清，幽风画出纹脉。舒舒缓缓悠悠去，浪卷起、波光微折。远望时、旷野疑斜，难辨眼前南北。

惊睹坡中艳翠，一禾日午苦，百里孤绝。淡泛芬芳，慰藉秋痕，不让生机全灭。长居大漠无泥处，且茂盛、是何缘故？都感叹、独守西疆，饱受酷寒炎热。

奪錦標 秋景

雲白天藍、山青水秀、一片秋容景色。玉樹瓊枝翠綠、千里寒輕。百山霜潔、見顏情小鳥。展雙翅、高飛南北。唱幽歌。十里風怒。一綫長低懸落葉。移目長河徑道。嘆倚苦來。繞過湖前茅舍。漸漸流波收簾。泛出清潭、向西徵鴻。迴夕陽艷照。得金輝、霞光嫣疊、看橋前、倩影丢姿。竟是歸來山雀、

夺锦标·秋景

云白天蓝，山青水秀，一片秋容景色。玉树琼枝翠练，千里寒轻，百山霜洁。见欢情小鸟，展双翅、高飞南北。唱幽歌、十里风流，戏弄低悬落叶。移目长河径道，叹倚芳林，绕过滩前茅舍。渐渐流波收窄，泛出清潭，向西微泻。遇夕阳艳照，得金辉、霞光娇叠。看桥前、倩影丰姿，竟是归来山雀。

綺羅香　花港

巷外離城，郊丘抵港。東外迤霞千縷，輕入春途，一片鮮紅鵝目，百步段。近賞尊容，萬色絕，簡園花譜，郁金香，似秀清淳。彬彬施禮待新旅。尋前憑艷再覩，相通清風吹過，飄香如許，朵朵垂姿，似解此方來語，嫣顏蝶。趁鑫人前，騰飛時，翅臨高處。好時節，添君風光。泛幽情一路。

绮罗香·花港〔一〕

巷外离城〔二〕，郊区〔三〕抵港，车外迎霞千缕。轻入春途，一片鲜红惊目。百步后、近赏尊容，万色绝、满园花谱。郁金香、似秀清凉，彬彬施礼待新旅。

亭前凭艳再睹，相遇清风吹过，飘香如许。朵朵丰姿，似解北方春语。娇颜蝶、起舞人前，腾飞时、翅临高处。好时节、添尽风光，泛幽情一路。

〔一〕花港：指北京国际花港。〔二〕城：指北京城。〔三〕郊区：指北京顺德。

薄幸 秋意

流沙幽態。在風度。嫣姿。永在。一縷縷。幻幻。疏密。宛似漂倜玉帶。入眼簾。難識東西。迷離遠近都無解。一片閃光前。驚心如夢。仿在人間世外。陶醉了。夕陽散。人不散。盼天時在。幾番西日生。深深。哀意。歸思遠遠隨黃昏礙。約時無奈。念秋荒秋色。離情更讓心澎湃湃。相逢始返。猶讚胡楊氣派。

薄幸·秋意

流沙幽态，在风后、娇姿永在。一缕缕、匀匀疏密，宛似洁绸玉带。入眼帘、难识东西，迷离远近愁无解。一片闪光前，惊心如梦，仿在人间世外。陶醉了、夕阳散，人不散，盼天时再。几番回目望，深深衷意，归思还怪黄昏碍。约时无奈。念秋荒秋色，离情更让心澎湃。相逢始返，犹赞胡杨气派。

摸鱼儿 江岸秋色

早霞明，嫩辉新照。映红江外青甸，曉光昇上東山頂。雲下草青風飽，初放眼，望不断，水天一线波如練。浪柔韻婉。繞別小湖前。曲聲陣陣，似唱牧歌慰。

芬芳味。情情高飛不散，悠悠輕沾人面，濃顏樹態垂姿倚。恰像舞衣長卷。還一見，高峯雲变。千丝暮色迴歸雁，斜陽影倩。觀落日平川。晚紅飛在。在遍起攬 秋色。

摸鱼儿·江岸秋色

早霞明、嫩辉新照，映红江外青甸。晓光升上东山后，云下草青风艳。初放眼，望不断、水天一线波如练。浪柔韵婉。绕到小滩前，曲声阵阵，似唱牧歌恋。

芬芳味，悄悄高飞不散。悠悠轻沾人面。浓颜树态丰姿满，恰像舞衣长卷。还可见，高峰处、千丝暮色迎归雁。斜阳影倩。睹落日平川，醉情永在，还想览秋苑。

沁園春 山韻

千里重來，近觀神湖，遠賞雪山，讚浮雲白艷。臨崖懸遠，同輝對映，共飾天藍，一片高峰，千山疊影，曠野連綿無盡端。溪流水。瑩淨如玉潔。溢潤塞川。清晨細觀岩羊。歲百只，悠悠出圍欄，自由尋遠近，散悠悠態。飲芳漫步，雲態幽然，燦爛霞光，乖模樣。對影嬌嬈妝暮寒，秋風裹，覽夕陽美景。人似仙還。

沁园春·山韵

千里重来，近睹神湖〔一〕，远赏雪山。赞浮云白艳，临崖悬远，同辉对映，共饰天蓝。一片高峰，十山叠影，旷野连绵无尽端。溪流水，叹净如玉洁，滋润寒川。清晨细观家羊，几百只、悠悠出围栏。自由寻远近，散如云态；饮芳漫步，丰态幽然。灿烂霞光，乖乖模样，对影娇辉妆暮寒。秋风里、览夕阳美景，人似仙还。

〔一〕神湖：指西藏纳木错湖。

薄幸 原始生態

小溪秋然。漬流水，潺潺不敗，碧波烟，臨湖無遇，雲韻仍然逗蠻。拍岸時，浪捲松風，泥香泛起，如香黛。坐曲徑芳邊。蜿蜒十里，恰似幽幽玉帶。崖上樹，千年古，葱翠青，遍將山蓋，見枝上雙燕，悠悠騰起，織田無則雲雲天外，傲空高遠，聽啼聲歡語，鸛閒咏學生尊愛，迎來落日，更是風光氣派。

薄幸·原始生态

小溪〔一〕秋态，续流水、潺潺不败。碧波灿、临滩飞过，丰韵仍然还在。拍岸时、漫卷清风，泥香泛起如香黛。望曲径芳边，蜿蜒十里，恰似幽幽玉带。崖上树、千年古，葱翠尽、遍将山盖。见枝上双燕，悠悠腾起，几回飞到云天外。傲空豪迈。听啼声欢语，惊闻咏叹生尊爱。迎来落日，更是风光气派。

〔一〕小溪：指茂兰喀斯特森林自然保护区内的古道小溪。

瑞鶴仙　再上玉京峰

绝峰欺极路。峭壁倚天閣。丹崖移步，千階上高處。仙踪云云霄外。望邊鶴目，東方眺去，一覽盡。巒煙萬縷，靚南山，雨潤青峰，艷雲綠拖，雲藏霧，重入，憑天賞日。倚月尋歸，飲香寄旅，幽幽一幕，情淌淌。話雅叙，見夕陽晚暮。風摇霞影，更愛鮮花紫露，夜茫茫，縹緲如紗，爽心醉緒。

瑞鹤仙·再上玉京峰〔一〕

绝峰欺极路，峭壁倚天开，丹崖愁步。千阶望高处。似临云霄外，壑边惊目。东方眺去，一览尽、峦烟万缕。睹南山、雨润青峰，艳绿掩云藏雾。重入。凭天赏日，倚月寻归，饮香寄旅。幽幽一幕，情满满、话难叙。见夕阳晚暮，风摇霞影，更爱鲜花紫露。夜茫茫、缥缈如纱，爽心醉绪。

〔一〕玉京峰：三清山玉京峰。

瑤臺聚八仙　觀雲海

登上高山，鶴目看。濃雲厚壓芳巒。一鋪千里，飄出縹色平川。臨岸青峰如仙島，遠方濤影素如帆，起波瀾。像花燦爛，妝點雲端。　幽風情把霧散，翠色重重，見困眼清瞻。峭壑生輝，華彩照亮崖際。密林含香百里，盛花放，千家爭賞蘭。驚歎起幾聲悠悠韻，更忘人還。

瑶台聚八仙·观云海

登上高山，惊目看、浓云厚压芳峦。一铺千里，飘出缥色平川。临岸青峰孤似岛，远方淡影素如帆。起波澜。像花灿烂，妆艳云端。幽风悄把雾散，翠色重可见，困眼清瞻。峭壁生辉，华露照亮崖蝉。密林含香百里，盛花后、千家争赏兰。莺歌起、几声悠悠韵，更忘人还。

聲聲慢　秋韻

沙漠清風，吹豔綠洲，擺蕩大美胡楊。慕名千里相訪，乍見驚懷，秋染七棵古樹，盡嫣黃。芳葉疊開，耀眼處。隱幽幽華麗，金色茫茫。

林中小溪流水，掩樹影影，漣漪泛出芬芳。岸上人知涼意，重彩徘徊，萬縷夕陽照彼，似香園。暮色柔光，又添興，見天文明月，似畫秋廊。

声声慢·秋颜

沙漠清风，吹艳绿洲，摆荡大美胡杨〔一〕。慕名千里相访，乍见惊怀。秋染七桥〔二〕古树，尽娇黄、芳叶叠开。耀眼处、坠幽幽华露，金色茫茫。

林中小溪流水，摇树影、涟漪泛出芬芳。岸上人知凉意，重彩徘徊。万缕夕阳照后，满香园、暮色柔光。又添兴、见天戈明月，似画秋廊。

〔一〕胡杨：指内蒙古额济纳胡杨林。〔二〕七桥：胡杨林内有七座小桥，俗称七道桥。

聲聲慢　森林綠影

相間夏奇，小徑初試，雨林舒爽如春。漫步枝前葉下，一路清風，吹涼薄衣素袖，滿身心，無限輕松，再見到，鮮花含紅蕊，更覺宜人。　一片翠色嫩竹，掩山樓，芬芳蜜染飛花花，少女顏游溪水。倩影彤彤，異彩飄鶴孔雀，舞山頭。韻醉山谷。夜中宿，故人嫣路樹，像做山神。

声声慢·森林〔一〕掠影

相闻觅奇，小径初试，雨林舒爽如春。漫步枝前叶下，一路清风。吹凉薄衣素袖，满身心、无限轻松。再见到、鲜花含红蕊，更觉宜人。一片翠色嫩竹，掩山楼、芬芳密染飞云。少女欢游溪水，倩影彤彤。异彩艳惊孔雀，舞山歌、韵醉如昏。夜中宿、故人〔二〕娇临树，像做山神。

〔一〕森林：指西双版纳原始森林。〔二〕故人：指当地人，长期在深山居住，有的还夜宿高树上。

望海潮 秋荷

驕陽才遠，輕寒即近，青蓮漸漸殘枯，霜捲舞衣，波搖倩影，風吹玉蕊如弧。一目盡新姝，故地千嬌面，不遜春初。外直中通，翠莖華蓋美無殊。清風仍舊徐徐。送芬芳萬縷，幽韻千餘，香徑寄情，衷腸俱雅。此時意滿心舒。此岸有人呼，乍見騰碧水，魚浪疏疏。牽引悠閑興趣，垂釣忘歸途。

望海潮·秋荷

骄阳才远，轻寒即近，青莲渐渐残枯。霜卷舞衣，波摇倩影，风吹玉节如弧。一目尽新姝。故地千娇面，不逊春初。外直中通，翠茎华盖美无殊。清风仍旧徐徐。送芬芳万缕，幽韵千余。香径寄情，衷肠泛雅，此时意满心舒。北岸有人呼。乍见腾碧水，鱼浪疏疏。牵引悠闲兴趣，垂钓忘归途。

聲聲慢　仲夏賞瀑布

一溪碧水、翻巖懸壑。宛如飛雪當空、萬練如絲長懸。怕碎花衣、彩霞嫣臨薄霧。入南屏、高掛清池。遠看去。正匆匆騰起。化為煙虹。近觀深峽崝壁。蒼翠層、千滴華露蔥蔥。一帶山峰如鏈、綠影依依。百里田園小院。染朝陽、無限風光、再面回首。聽濤聲如鼓鼓、震撼人寰。

声声慢·仲夏赏瀑布〔一〕

一溪碧水，翻岩悬捣，宛似飞雪当空。万练如丝长系，怕碎花衣。彩霞娇临薄雾，入画屏、高挂清池。远看去、正匆匆腾起，化为烟虹。　近睹深峡峭壁，苍翠处、千滴华露葱葱。一带遥峰如链，绿影依依。百里田园小院，染朝阳、无限风光。再回首、听涛声如鼓，震撼人衷。

〔一〕瀑布：指贵州省黄果树瀑布。

清商怨　天橋

雲絲嬌把天橋盤。又扶秋樹倚·逗鳥高飛·
巧將黃鶯戲。內啼至生天際。翠欄外·初
見旭日·載喜成歸·雖臨山谷底。

清商怨・天桥〔一〕

云丝娇把天桥系，又扶秋树倚。逗鸟高飞，巧将黄莺戏。

闻啼并望天际，翠栏外，初见旭日。载喜成归，难临山谷底。

〔一〕天桥：指西双版纳原始森林的空中长廊。

酒泉子 五彩湾

風雨裁割，琢出溝紋道道。小山丘，天地造，壯西河，秀姿麗色夕陽染。嫣霞鶩秋艷，自古來，金燦燦，照芳禾。

酒泉子·五彩湾〔一〕

风雨裁割，琢出沟纹道道，小山丘，天地造，壮西河〔二〕。

丰姿丽色夕阳染，娇霞惊秋艳。自古来，金灿灿，照芳禾。

〔一〕五彩湾：指新疆维吾尔自治区最美的雅丹地貌。

〔二〕西河：指与五彩湾相连的西边河流。

浣溪沙 見聞感懷

千古故人念祖宗，淒淒忽見小莊空，唯存金瓦寄悲衷。鶴觀天師留夜處，细瞧殘址訴悲窮。傷心更憶老賢公。

浣溪沙·见闻感怀

千古故人念祖宗，凄凄忍见小庭空。唯存黛瓦〔一〕寄愁衷。

惊睹天师〔二〕留夜处，细瞧残址〔三〕诉悲穷，伤心更怜老贤公。

〔一〕黛瓦：指江西省龙虎山无蚊村还残存的一处粉墙黛瓦小庭院。〔二〕天师：指传说中的张道陵天师。〔三〕残址：指道教祖师曾经居住过的地方，几度遭灾破坏后仅仅残存的东隐院。